大
方
sight

不语

Silence Once Begun

Jesse Ball
[美] 杰西·鲍尔 著
熊亭玉 译

中信出版集团 | 北京

图书在版编目（CIP）数据

不语 /（美）杰西·鲍尔著；熊亭玉译. -- 北京：中信出版社，2020.5
书名原文：Silence Once Begun
ISBN 978-7-5217-1729-7

Ⅰ.①不… Ⅱ.①杰…②熊… Ⅲ.①长篇小说-美国-现代 Ⅳ.① I712.45

中国版本图书馆 CIP 数据核字（2020）第 054207 号

Silence Once Begun by Jesse Ball
Copyright © 2014 by Jesse Ball
This translation published by arrangement with Pantheon Books, an imprint of The Knopf Doubleday Group, a division of Penguin Random House, LLC.
Simplified Chinese translation copyright © 2020 by CITIC Press Corporation
ALL RIGHTS RESERVED
本书仅限中国大陆地区发行销售

不语

著　者：[美]杰西·鲍尔
译　者：熊亭玉
出版发行：中信出版集团股份有限公司
　　　　　（北京市朝阳区惠新东街甲 4 号富盛大厦 2 座　邮编　100029）
　　　　　（CITIC Publishing Group）
承　印　者：浙江新华数码印务有限公司

开　本：880mm×1230mm　1/32	印　张：7.625	字　数：184 千字
版　次：2020 年 5 月第 1 版	印　次：2020 年 5 月第 1 次印刷	
京权图字：01-2019-3291	广告经营许可证：京朝工商广字第 8087 号	
书　　号：ISBN 978-7-5217-1729-7		
定　　价：49.00 元		

版权所有·侵权必究
凡购本社图书，如有缺页、倒页、脱页，由销售部门负责退换。
服务热线：400-600-8099
投稿邮箱：author@citicpub.com

献给安倍公房和远藤周作。

小说有部分内容源于真实事件。

前言

一件奇怪的事情发生在我身上，有我，还有与我一同生活的女人。我们那时生活得还不错。探出头，望一望，我就看得到世界闪闪发光，非常美丽，展望将来也是如此。我放下了很多的恐惧、担忧和焦虑。我觉得很多事情都解决了。我们结婚已经有几年了。我们和我们的女儿住在一栋房子里，生活很快乐，很光明，我没法告诉你。我可以说出来，但你不会明白，或者是我不知道怎么表达才准确。我们房子前面有处花园，还有道高高的大门，到处都是棚架。我们可以坐在花园里，有的是时间，做什么都可以，任何事情都行。我希望你臆想感受一下那种光亮，仿佛就是你闭上眼睛，清晨的阳光照在你眼皮上。

然而，事情就这么来了，我没有预料到的事情。她突然沉默了，就是不想再说话，这样的生活走到了尽头。已经结束了，但我还紧紧抓住不放，苦苦追寻沉默中可能包含的意义，想要理解那个变得沉默的人和其中的缘由。然而，都结束了。我不得不重新开始，要开始就要弄明白发生了什么。当然，这样的事情并不容易。像这样奇怪的事情，你不明白，并不是别人告诉了你，你就能明白的。

于是，我开始探索所有这样的事件。我旅行到不同的地方，与人们交谈；一次次地发现自己没有前进的道路。我想要知道，怎么才能避免这种无法预见的麻烦。当然，这很傻。这是没办法避免的。无法避免，就是它们的本质。但是，在我的探索过程中，我找到了这件关于小田宗达的事情，就有了你现在捧在手里的书。我很高兴能为你呈现这本书，希望你能从中受益。

+

大阪府堺市附近的一个村子里发生了一件奇特的事情。真的是很奇特，我才称之为奇特的事情。但与此同时，正如你们将要看到的那样，其中有些元素又让这件事情很普通，就是我们所有人生活中都有的那种普通。事情发生很多年后，我读到这个故事，然后我就到了那里，尽量发掘更多的东西，找到了完整的故事。

大多数的有关人员都还活着，一系列的采访过后，我收集到了素材，得以讲述这个故事。为了保护当事人的身份，还有他们所爱之人的身份，以及他们后代的身份，我改动了他们的名字。此外，为了更好地保护他们的身份，我也改动了日期和具体的时间段。

++

在以下的篇幅中，我间或会称自己为采访者，或者是给出注解，阐释某种情况。然而，本书的大部分文字都是根据磁带录制的采访整理而成。这本书有四部分的叙述：第一部分是与（2）小田宗达有关的各色人，其中有家庭成员，还有市（堺市）警察局和地方警察局的成员；第二部分是我在寻找吉藤卓；第三部分来自（3）吉藤卓；第四部分来自（1）佐藤冈仓。

头两部分，不得已，只能采用叙事方式，串联资料，偶尔有小说风格的文字表达（在指明信息来源方面，费了一番心思）。后面两部分，材料本身就足以达到我想要的效果，大多数时候，就没有必要拘泥于这一限制了。

——杰西·鲍尔，芝加哥，2012 年

1

小田宗达的情况

本故事,第一次讲述

1977年10月,小田宗达是个年轻人,二十九岁。他在办公室工作,他叔叔的进出口公司。他们主要是卖线。要卖线,就要买线。对于宗达而言,主要就是买线,卖线。他不怎么喜欢,但也是没有怨言地做事。他一个人住,没有女朋友,没有宠物。他受过基础教育,有个熟人小圈子。看起来,大家对他感觉都不错。他喜欢爵士乐,有个录音机。他穿着简单低调,大多数时候都在家吃饭。某个话题,他越是感觉激烈,他越是不会参与讨论。很多人知道有他这个人,他们住在他附近,与他离得近——但他到底是什么样的,几乎就没有人说得出来了。他们也没有费心想过他到底是什么样的。他似乎就是表现出来的样子:安安静静,按部就班,工作,睡觉。

小田宗达的故事开始了,始于他签字的一份认罪书。

他偶然碰到了一个叫冈仓的男人,还有一个叫吉藤卓的女孩。他们都是些疯狂角色,特别是佐藤冈仓。他有麻烦,或者说有过麻烦。大家都知道。

事情是这样的:不知怎么搞的,冈仓遇到了小田宗达;不知怎么搞的,他就让他签下了一份认罪书,认下了自己没有犯过的罪行。

他没有犯过的罪行,却在认罪书上签了字,奇了怪了。难以置信。然而,他的确是签字了。我了解到这些事,我进行调查,然后我发现他这样做是有原因的。这个原因就是:他与人打赌,身不由己。

那个晚上是怎么回事，有几个版本。其中一个在报纸上登了出来。另一个是小田宗达家人讲的。还有第三个，是佐藤冈仓言之凿凿的版本。最后一个版本比其他的有力度，原因是冈仓把过程录了音，给我听了磁带。这磁带，我听了好多次，每一次我都听见了之前没有听到的内容。真实的人生不断地欺瞒，也不断地揭示，而且一直如此，所以人总觉得自己是可以了解人生的，从各种如影如幻中了解真实的人生。

接下来，我就为你描述那晚的事情。

打赌

我听磁带的时候,有些地方的对话,很难听清楚。音乐的声音很大。那天晚上,时间流逝,派对上的人在喝酒,说话速度很快。总的来说,氛围是酒吧的那种。有人(卓?)反复站起来,离开,回来,她坐的椅子在木地板上蹭来蹭去,声音很大。一开始,说话的内容无关紧要,大概有四十分钟,接着他们就说到了打赌的事情。

冈仓悄无声息地引入了这一话题。他侃侃而谈,描述了他们之间的一种情谊,而且是他们三个人的。他表现出一种仿佛他们都厌倦了人生的感觉。他说,一直以来,他和卓都在做各种事情,想要逃离这种感觉。其中之一就是用纸牌打赌,他们两人之间的私密游戏。他说,他输了,他就割伤自己。如果卓输了,她就割伤她自己。他说,最开始是那样,后来就是别的事情,强迫彼此做事,就是想要找回活着的感觉。但是,所有这一切都围绕打赌,围绕让人生达到平衡。宗达没有觉得精彩?难道没有蠢蠢欲动,想要试一试?

整个晚上,他们,也就是卓和冈仓,都瞄准了他,最后,他们说服了他。事实上,他们之前就选中了他,因为他们觉得他就是那种可以被说服的人,可以相信这样一件事情的人。没错,这得到了证实;他们真的就把他拉进了游戏当中。

他和冈仓打了一个赌。打赌的内容就是:无论是谁输了,就要签一份认罪书。冈仓已经带来了认罪书。他给放在了桌上。输的那个人在上面签字,然后卓就把认罪书带到警察局。打赌在进行中,人生中所有的感觉都聚在了这一刻,人的一辈子都系在了一张纸牌翻过来的那一瞬间。冈仓还带来了一副纸牌,他们坐在桌旁,桌子上面就是那份认罪书。

酒吧里的音乐声很大。小田宗达的人生不易,他没有在生活中得到自己想要的东西。他喜欢冈仓和卓,并且尊重他们,而他们一门心思扑在他身上,就想他把这件事情办了。

事情就是这样的:小田宗达与佐藤冈仓打赌。他输了。他拿起笔,在认罪书上签了字,就在那张桌上签的。卓拿起认罪书,她和冈仓离开了那家酒吧。小田回到了自己的小公寓。他是否有睡觉,我们不知道。

第二天上午,根据女房东的叙述

小田宗达公寓的敲门声震天响,整栋楼的人都醒了。他开门不够及时,门就被踢开了。他没有及时趴在地上,就被扔在了地上。戴着手铐,很是痛苦的样子,他被带出来,推进了一辆面包车。我与一位目击证人交谈,这位目击证人说他没有挣扎,也没有宣称自己无辜。他只是安安静静地跟着。女房东回忆说,他没有穿夹克。

小田女房东的女儿

她告诉我：

——如果你不知道他多么善良，不知道他是怎样善良的一个人，不知道他心地有多么善良，你对小田就是一无所知，真的。不是需要思考或是决定的事情。他就是善良，做好事，很多次都是。我来告诉你是怎么回事吧。我当时年龄还不大，但我的母亲，她告诉我，当时有个女人住在他楼上，一位老妇；他年轻，小田年轻，也许就是二十来岁。这位老妇要搬一件什么家具到自己房子里。家具太大了，卡在门框里，搬运工得费一番功夫。那天，已经晚了，下班时间到了。他们第二天早上再来。但那位老妇，就没法出来，也没法进去。她非常焦虑，站在门边，冲着仅有的缝隙，朝外面张望。她不停地说话，什么都说，可工人已经走了。于是，小田，他做了什么呢？他拿着一盏小灯上了楼，坐在门的外面，整个晚上都在与那位老妇交谈，直到第二天早上才离开。你知道，我觉得他并不喜欢那个女人。他就是那样的。一个善良的男孩子。事实上，没有人喜欢那位老妇。

采访者注

我想要讲述的是悲剧。涉及其中的人,他们是悲剧的幸存者,但也是当事人,在讲述悲剧的过程中,我想要最大限度地对他们做到不偏不倚。

小田宗达在一份认罪书上签了字。也许,他不太明白自己当时在做什么。或者,他也许明白。不管怎样,他签了字。第二天,星期六、十五号,他被拖进了拘留所。那份文件很全面,认罪书的内容很全面,他的罪行昭然,没人怀疑。审判一开始,就进行得很快,而小田宗达几乎什么都没做,真的什么都没有为自己做过。他在监狱里候审的时候,之后他在死囚牢的时候,警察都试过,想让他谈一谈自己承认了的罪行。他不肯谈。他就像是搭起了一顶沉默不语的帐篷,待在里面不肯出来。

接下来数月的时间里,卓来看过他很多次。他再也没有见过冈仓。

我们继续。给我讲述的人有警察、看守、和尚师傅和记者(当时在场),还有小田的家人。以下就是小田宗达的故事。

七个月的监禁

候审

审问一	15
采访一（母亲）	18
成户失踪案	22
审问二	23
采访二（弟弟）	25
审问三	28
采访三（母亲）	31
采访者注	36
采访四（妹妹）	37
采访五（弟弟）	41
采访六（弟弟）	47
审问四	50
采访七（母亲）	52
采访八（母亲）	56
采访九（父亲）	59

庭审

采访者注：关于庭审的新闻报道	67
小田庭审报道［高英二］	69
小田庭审报道［高英二］	70
小田庭审报道［高英二］	71
小田庭审报道［高英二］	72
小田庭审报道［高英二］	74

小田庭审报道［高英二］　　　　　　　　　　75
　小田庭审报道［高英二］　　　　　　　　　　76

高

　采访　　　　　　　　　　　　　　　　　　79
　采访者注　　　　　　　　　　　　　　　　84

绞刑架一样的房间

　采访者注：转入死囚牢　　　　　　　　　　91
　采访十（弟弟）　　　　　　　　　　　　　92
　采访十一（渡边牙狼）　　　　　　　　　　96
　吉藤卓的照片　　　　　　　　　　　　　100
　采访十二（弟弟）　　　　　　　　　　　101
　采访十三（弟弟）　　　　　　　　　　　103
　采访十四（渡边牙狼）　　　　　　　　　105
　采访十五（弟妹）　　　　　　　　　　　110
　采访者注　　　　　　　　　　　　　　　111
　采访者注　　　　　　　　　　　　　　　114
　采访十六（弟弟）　　　　　　　　　　　115
　采访十七（弟弟和母亲）　　　　　　　　119
　采访十八（渡边牙狼）　　　　　　　　　122
　采访十九（弟弟）　　　　　　　　　　　126
　采访二十（弟弟）　　　　　　　　　　　131
　文件第一面：亲笔遗书　　　　　　　　　132
　文件第二面：写给父亲的信　　　　　　　133
　采访二十一（渡边牙狼）　　　　　　　　134

候审

审问一

1977 年 10 月 15 日。小田宗达涉嫌参与成户失踪案被捕。嫌疑罪名与小田签署的认罪书有关,有人匿名把认罪书递交给了警方。对话进行的地点是当地警察局的一个房间。长野警官和另一位警官,记录中没有另一位警官的名字。

[*采访者注。下面是审问录音的文字记录,有可能改动过,或者粗制滥造。没有听到原始录音。*]

三

警官一　小田先生。自己为什么会在这儿,我想你是知道的。为什么我们费劲把你带到这儿来,我想你是知道的。对我们撒谎会有什么样的惩罚,我想你是知道的。

警官二　小田先生,你在认罪书里提到的那些人,关于他们的行踪,如果你有任何信息,或者如果你知道他们中有谁还活着,现在就告诉我们。这种信息,对你的案子有极大的帮助。

警官一　我们看过你的认罪书。我们需要更多的信息,越快越好。

　小田　(沉默不语)

警官一　小田先生,你的处境很不妙。我可以明确地告诉你,一旦你被定罪，就会被带到 X 监狱的某个死刑间吊死，基本上就是板上钉钉的事情。你认罪书中提到的人，如果还有活着的，你与我们配合，把他们找到，对你会有好处。会有很大的区别。你就能活命。

小田　（沉默不语）

警官二　如果你觉得不说话对你有好处。如果你那样想。

警官一　如果你那样想，你就是一窍不通。

警官二　你这种处理问题的态度也许就不对。也许你认为这样可以解决问题。但是，你解决不了。合作，才是唯一解决问题的方式。

警官一　告诉我们，这些人在哪里。这才是你该打的牌。这才是解决问题的方式。

警官二　也解决不了自由的问题。

（警官们大笑。）

警官一　没有自由，只是解决问题——解决不进死刑间的问题。

警官二　不仅仅是那个问题，还有现在的问题。即便是现在，事情也可能得到改观。没有必要这个样子嘛。你要知道，拘留所里有些牢房就比你现在的那间好。吃得也比你现在吃得好。甚至呢，我不应该说的，但还是可以安排的，你可以去普通的拘留所。那儿就不一样了。也许对你好得多呢？甚至看守都不一样。事情不可能一成不变。你可以改变自己的处境，我们说的就是这个。

警官一 我们不是你的敌人。你没有敌人。我们大家只是在一起做事。大家都要合作。现在，我和长野警官就要走了。我们明天再回来，到时候，你就该有话对我们说。你明白了？

采访一（母亲）

[采访者注。多年后，我来到这个村子，想办法找到小田的家人，进行了一系列的采访。要联系到他们很不容易，但是正如我说过的那样，我有自己坚持的原因。在这之前，我只是在日本短暂待过。这次，很多事情对我而言，都很新鲜。我有一种豁然开朗的美妙感觉，仿佛所有的事情都展开凸显出来，变得越来越大，越来越清晰，就像是多云的一天，虽然没有阳光普照，但有时光线加挡，变得强烈起来。此处，我给出了这些采访的不同部分，想要展现小田宗达监禁的进程。我会一部分一部分，一丝不苟地解释，呈现我所收集证据本来的样子。我租了一栋房子，采访就是在这栋房子里进行的。房子坐落的地方，到了季节，蝴蝶漫天飞舞。我刚到的时候，我开始采访的时候，没有看到蝴蝶。宗达的母亲最喜欢在房子朝北的房间里接受采访。当时我们坐在那个房间里，她说，其他时候，她到过这里，看到过蝴蝶。听到她这样说，我就好像是看到了一样。后来，蝴蝶真的来了，和她说的一模一样。我说这个，只是为了给出她的可信度。但是，显然，一件事情是昆虫，另一件事情是她儿子的认罪书，两者没有什么可比性，真没有。然而，她还给我留下了说话准确的印象，所以我给出以上解释。]

[以下内容是若干长对话的节选。可能提及了之前说过的事情；也可能是某个话题进行到了一半，正好说到了某个重要的地方。]

三

采访者　小田太太，你说到第一天，接到警察局的电话，去看宗达。

小田太太　事实上,那天我们没有去。我没去,我丈夫也没去。我的孩子们也没去。

采访者　为什么没去呢?

小田太太　我丈夫不准我们去。听到消息,他吓坏了。他坐在家里,房间里没开灯。他就那样直愣愣地瞪着前方,过了好多个小时。等到他出来,他说,我们不去看宗达。他说,他认识的人中没有叫这个名字的,还问我是否知道叫这个名字的人。

采访者　你说了什么?

小田太太　我说我也不知道。我知道的人中没有叫这个名字的。他说,消息搞错了,他很遗憾,警察局认为我们知道叫这个名字的人,但我们不知道。我当然想去。当然了,我想去。但是,他已经说得很清楚了,他非要那样。

采访者　其他的孩子们呢?

小田太太　当时,他们没有和我们住在一起,我还没有联系他们。

采访者　后来又变了,发生了什么呢?为什么你又去看宗达了?

小田太太　早上我醒来,我丈夫穿了一件我从未看他穿过的衣服。

一件旧西装，有些正式的感觉。他说，可能是他的错，我们应该去见我们的儿子宗达。我告诉他，我也觉得我们应该去。他说，我们应该做什么，不重要，重要的是我们要做。于是，我们去开车，去了拘留所。

采访者　你在那里看到了什么？

小田太太　那些警官不想正眼看我们。现在想来，无论是那一次探望，还是以后的探望，我都觉得没人直视过我们的眼睛，一个也没有。他们想要装作我们不存在的样子。我也理解。我理解为什么会那样。那样的工作，在拘留所里。我想呢，有人选择做那样的工作，也是好事。

采访者　他在警察局很里面的地方？

小田太太　他们给他到处换牢房。他不总是待一个地方。也许是因为纪律要求？他常常受罚，他父亲也是这样看的。一次，我说，我觉得罚得太厉害了。小田先生告诉我说，没有，真的很轻。这些事情，我不怎么了解。如果你同我丈夫谈谈，他可能记得更多，或者他记得他知道得更多。

采访者　但是，那次探望怎么样呢？你和他说话了？

小田太太　我们说了。他没有说。一开始，他在一间小牢房。里面什么都没有，就只有一个下水道。现在想来，我觉得他们是想要他开口说话，但他不愿意。他穿着囚衣，看起来很小的个子。看到他那样,我不喜欢。现在,我也不喜欢回想那一幕。

采访者　我很抱歉,但是你能回忆一下,你对他说了什么吗?

小田太太　我应该是没有说话。当时,我太害怕说错话,然后小田先生就会说我们再也不要去看他。所以,我就安安静静的。我想看看,到了那个地方,他觉得应该说什么样的话。他说,儿子,是你干的吗?他们说,是你干的,说你这样说了。他们说,你说是自己干的。是你干的吗?宗达什么都没有说。但是,他看着我们。

成户失踪案

[采访者注。这时候,关于成户失踪案,我觉得有必要说上一句。为了把事情说清楚,请允许我打断一下讲述。小田宗达认罪的,就是这个案子。我个人的看法是,在认罪书上签字的时候,不知何故,他并不清楚这是一桩已成事实的罪行。]

三

1977年,成户失踪案发生在堺市附近的村子里。案子开始的时候大约是在六月,一直持续到小田宗达被捕。当地报纸紧跟这个案子,吸引了全国媒体的关注。随着小田宗达的被捕,狂热也达到了高潮。这是什么样的案子?

有八个人失踪了,大概就是一个月两个人的速度。没有搏斗的痕迹。然而,很清楚的是:所有人都是突然就失踪了(食物摆在桌子上,没有个人物件丢失,等等)。失踪的都是老年人,有男有女,年纪在五十岁到七十岁之间,无一例外,都是独自居住。一张纸牌摆放在这些失踪老人住所的门口,每个门口都是如此。纸牌上没有任何指纹痕迹。这些失踪的人,没有人亲眼看见他们中任何一位离开。就是一个谜,巨大的谜,欲罢不能的谜。失踪的人越来越多,整个地区都震惊了。人们甚至组织了巡逻,巡查离群索居或是丧偶独居者的家。但是,该到的时候,该到的地点,巡逻总是不在。

审问二

1977年10月16日。小田宗达。记录中没有出现警官的名字。

[采访者注。同上次一样,下面是审问录音的文字记录,有可能改动过,或者粗制滥造。没有听到原始录音。]

三

警官一 小田先生,你已经睡过觉了,也许与昨天的感觉不一样了?

小田 (沉默不语)

警官二 如果你根本不开口,对于你而言,事情就不可能有改善。你在认罪书上签了字。你不想要律师,也没有任何反驳抗议。你知道自己做了什么。我们想要找到那些人,你在认罪书上提到的那些人。

小田 我可以看一下吗?有可能看一下吗?我想要看一下那份认罪书。

警官二 不可能。不可能给你看。你写的认罪书。你知道上面说了什么。这不是游戏。告诉我们,在哪儿找人。你带那些人到哪儿去了?小田先生,我们越来越没有耐心了。

警官一 不可能给你看认罪书。他是对的。完全没有必要。当然,可能性还是有的,如果你合作,很多不必要的事情都可能发生。我们也说过的,你可以吃得更好,住得更宽敞,不一样的条件设施。甚至认罪书也有可能看一看。我不是说 yes,完全不是。我不会说这个。但是,这些事情,开口给我们说说吧,我们再看看有什么办法。

警官二 都在于你。在你的掌握之中。

(磁带上接下来四十多分钟的时间,没有声音,审问者和小田互相看着。最后,听见了关门的声音,录音机关上的声音。)

采访二（弟弟）

[采访者注。这次采访也是在上一次提到的房子里进行的。宗达的弟弟次郎是他最忠实的支持者。事实上，他知道发生的事情后，就想去警察局探望，而且还在父母之前。然而，他被拒之门外了，原因未知。也许，他去的时候还没有开始第一次审问。原因不明。我同他交谈了好长时间。发生了这件事情，整个家里，他是最为之愤怒的人。年轻的时候，他在钢铁厂工作，1977年的时候还在那里干。后来，他成了工会的积极分子。我见到他的时候，他穿着非常好，开着昂贵的车。他的个人习惯方面，我可以说一点：每次我们谈话，他都要抽掉整整一包香烟。我不知道这是不是他的常态。也有可能是因为与我交谈，而且谈论的又是这个话题，他感觉紧张。有几次采访，他的孩子跟着来了，两个都还是小孩子。我们说话，孩子们就在院子里玩。虽然他非常刻板，有时甚至对我有敌意，但他对孩子们说话的时候非常温柔。我练过一段时间柔道，次郎也练过。一次，无缘无故，他突然提到这个话题，问我是否练过。之前，关于柔道，我一个字都没有说过。我回答说，练过，他就大笑起来。他说，我总是看得出来。练过柔道的人走路有点不一样。因为这一点，我可能倾向于喜欢这个人，但是，我要申明的是，我总是尽最大的努力做到客观。]

三

采访者 那是10月19日？

次郎 有可能。不知道了。

采访者　但那是你第一次进警察局?

次郎　其实并不是第一次。之前我就去过一次,那次与钢厂的一个朋友有关。我去看他,陪他的妻子去探望。现在想来,他是一直在搞运动,被警察抓了。

采访者　你的朋友?

次郎　是的,是那事发生几年前。

采访者　但是,十月那次探望……

次郎　我看见宗达了。警察搜了我的身。我在几份文件上签字,出示身份证明,然后就被带进去了。他的牢房在后面。他一个人,一间长长的牢房,没有窗户。

采访者　警察让你和他单独谈话了吗?

次郎　没有,有位警官一直在旁边,听得到我们说话。宗达看见我,走到牢房边上,我们就看着对方。

采访者　他看起来怎么样?

次郎　很糟糕。他是在拘留所。你觉得他看起来还能怎么样?

采访者　你说了什么?

次郎　我什么都没说。我去那儿不是为了说什么。我只是想看到他，我想要让他知道，我想他。我认为，自己并不想听他说什么。我觉得，就算是他开口说话，也没有什么值得一听的内容。

采访者　报纸上关于这件事的报道，你是看过的？

次郎　是的，报纸上铺天盖地。几个月全是失踪的消息。接着，就全是关于宗达的报道。他全部招认了，甚至包括了报纸完全不知情的部分。所以警察才那么肯定。他们以为有八人失踪，结果他招认了十一人，而另外三人完全没有报道过。警察去调查这三个人，的确是不见了。

采访者　你没有就此问他？

次郎　我刚才已经说过了。我见了他，然后离开了。

采访者　后来你去看他，也像这样？

次郎　我每天都去。有时候他们让我进去。有时候他们不让。让我进去的时候，情况都一样。我从这头走向牢房的铁栅栏，他从那头走过来。我们谁都不说话。据说，警察局有囚犯和来访者见面的房间。我从来没有见过那个房间。

审问三

1977年10月19日。小田宗达。记录中没有出现警官名字。

[采访者注。同之前一样,下面是审问录音的文字记录,有可能改动过,或者粗制滥造。没有听到原始录音。]

三

警官三 小田先生,之前问话的警官已经把情况告诉我了。他说,你毫无反应。他认为,就该让你走一遍流程。来一个全套的。这是他的原话。不想太直白,但是,你明白我的意思了。现在,你的名声有些特别了。有些事情,我来给你解释一下。在拘留所,在监狱,甚至是像这样的警察局,就这样的一个当地警察局,人们做了什么事情,就成为什么样的人。你明白了?我在军队待过,我上过学,我受过培训,之后我成了警察,然后我一路走来,成了督察。这就是我。因为我之前做的事情,我成了现在的我。你呢。你犯下了罪行。这就是为什么你到了这里。你是谁?是一名囚犯。这就是你。然而,你的身份并不能决定你受到的待遇,不是你想的那样。你在这里会受到什么样的对待?决定的因素是你的行为,以及你的行为造成了什么样的名声。我很好说话的,这是我的名声。与我交谈得越多,越会明白我很好说话。这就是我的名声。这里有的囚犯待遇非常好。有些人犯下的罪行更恶劣,他们受到的待遇反而更好。你知道为什么吗?

小田 （沉默不语）

警官三 那是因为他们学会了如何做，如何表现出某种名声，然后身体力行。你正在给自己造名声。你知道吗？

小田 （沉默不语）

警官三 你日复一日地睡在没有床的水泥牢房里，这是有原因的。你吃的东西是没人想吃的，这是有原因的。不是所有的囚犯都会被水枪喷。我的意思，你明白了吗？这些警官都来自好人家。他们和你一样，都在这镇上长大。你甚至认识他们。他们有孩子。他们对人很好。但是，他们看见你的时候，他们想：这是个畜生。这个人压根儿不想做人，不想成为我们中的一分子。

（警官深深吸了一口气，停顿。）

警官三 我们想要你做什么？不过是多告诉我们一些事情。认罪书里的东西不够。太少了。涉及你，这东西有用，除此之外，简直就没有半点用处。涉及你，它很有可能是你的终结篇。但是对于其他人，这东西没用。你得告诉我们更多的内容。告诉我们更多的东西，我们就可以帮你。今天，我来的时候，他们告诉我说，我要来和你谈谈。你是什么样的人，之前，我心里是有概念的。有人谈论过你。还有了，报纸上也有。一直在持续报道。很多关于你的事情。所以，你是什么样的，我之前是有概念的。但是，你不是那样的。我觉得，你看上去像个普通的家伙，陷入了困境的普通人。看你的样子，也许你需要同谁交谈一番。谈一谈什么呢，也许，这件事情，可能事出有因，解释一下吧。我就是你想要与之交谈的那个人。想一想吧。

（录音机关上了。）

采访三（母亲）

[采访者注。这次见面，小田太太带来了一个宗达小时候的玩具。一根长棍子，涂成了蓝色，两头各有一个红色的铃铛。铃铛的形状是一朵花。这个铃铛没有声音，小田太太解释说。最开始，这东西是作为礼物送给宗达的弟弟，他不一会儿就把这个玩具弄坏了。宗达发现了这个坏掉的玩具，就一直带着，也就成了他的玩具。他甚至声称自己可以听到铃铛的声音，可这个铃铛根本就发不出声音。一次，家人逗他玩儿，都在衣服里藏了小铃铛。他一动那根棍子，家里的某个人就悄悄摇铃铛。他因此大为忧心，大为迷惑，父母都后悔这样逗他了，小田太太是这样说的。这也让他深信不疑，棍子就是有声音。即使之后给他解释了恶作剧的事情，他都不信。]

三

采访者　你下一次探望是几周之后了？

小田太太　一周之后。我给他带了一条毯子，但是他们不肯给他。他们说，他需要的毯子，他都有了。

采访者　拘留所给他提供了毯子？

小田太太　我可不信。他们说的是……

采访者　他不应该有毯子。或者是他这样的不应该……

小田太太　我也这样想。他们的确允许我拿着毯子站在那儿，允许我和他说话。我告诉他，我们都想他。有个朋友教我怎么说，我就试了试，说了。

采访者　这是什么意思？

小田太太　我的一个朋友，一位老妇人，我非常尊重她的意见。她告诉我，去的时候要做什么，我就做了。我仔细想了个清楚，就照办了。就是这样：我应该给他讲我记忆中的某件事情，要非常清楚地说出来，只说那件事情，就让那件事情萦绕，没有我，也没有我们所处的艰难时刻。就只有那件事情，过去的时刻。于是，我就想起了一段时光，说出来应该合适，我认为我可以……

采访者　你提前准备了？

小田太太　是的，我想了几种方式，还试了试。然后，我去的时候，我就对他说了。

采访者　你可以用之前讲述的方式讲一下吗？你觉得自己还记得吗？

小田太太　是的。我记得。事实上，我给他说了几次。他似乎很喜欢，所以我去的时候，我就讲，讲了几次。

采访者　你现在就可以讲？

小田太太　我可以。让我想一下，我就能讲。

采访者　好的。我停一下录音？

小田太太　停一下吧，不需要多少时间。

[采访者注。我停止了录音，大概有十五分钟的时间。其间，小田太太就回忆自己的措辞，我到厨房给她倒了一杯水，然后又到另一个房间做了点事情。等我回来，她已经准备好了。]

采访者　我们开始录音了。

小田太太　我对他说，我说：你四岁的时候，我和你父亲有个想法，觉得我们或许应该去看看不同的瀑布。我们觉得，如果所有能够看到的瀑布都看到了，那该多好呀。于是，一有机会，我们就去看瀑布。那一年，我觉得我们看了三十处瀑布，去了很多地方。我们甚至有了看瀑布的模式。我们开车，到了，从车里钻出来。你父亲把你抱起来。他对你说，是这个瀑布吗？然后你就说，不，不是这个。不是这个。我们到处都去了。好多瀑布，真想不到有那么多。最初，他对我说要去看瀑布的时候，我说，我不知道有多少瀑布可去。但是我错了，好多瀑布呀。当时，车里就只有我们三个人，你的妹妹和弟弟都还没有出生。就我们三个人，坐在车里。我们沿着小路，穿过田野，穿过稻田。我们得停下来，向陌生人打探方向，完全不认识的人。但是，所有的人似乎都理解我们在做什么。很容易就解释清楚了。我们想要看很多的瀑布。对方就说，这很好呀，就在那个方向，另有一个瀑布，非常美，很值得一看。然后我们沿路而行，到了之后就停车。我下车，然后让你下车。你就走向你父亲。接着，你们两个，你们两个就走向水边。你父亲就竖起耳朵听，你就模仿他。我们当时没有相机，所以我现在也没有照片。但是你俩就那样听瀑布的声音，听上好一会儿。接着，他就把你抱起来，说，儿子，是这个瀑布吗？你就说，不，不是这个。不是这个。然后，我们就坐下，吃点带去的食物。我们再看看这个瀑布，有时会谈一谈它有什么特别的地方。然后，我们就钻进车里，开走。离开的时候，你父亲从来不会回头望瀑布，但你总是尽力回头望，把头探出窗口望。或者，在我们开车离开的时候，你还透过后挡风玻璃张望。我们就这样进行了数月，看了很多很多的瀑布。最后，我们去了一个之前错过的瀑布，那个瀑布其实距离我们住的地方挺近的。那是个下雨天。出发的时候，天气晴朗，蓝蓝的天空，白白的云朵。但是，开车的途中，很多乌云聚集起来，西边和北边的天空都黑了，然后就开始下各种各样的雨。你父亲不想停下来。很近，瀑布很近，他说，下雨也是探险的一部分，我们不会掉头返回。于是，我们冒雨前进，等到的时候，雨停了。我们在车里坐了几分钟，钻了出去。那个瀑布非常小，我们见过的瀑布中，它是比较小的那种。很有可能是因为这一点，我们在找瀑布的时候，才没有人提及这个瀑布。但是，你和你父亲听了一会儿，他把你抱起来，问你，儿子，是这个瀑布吗？你大笑起来，笑呀，笑呀。你什么都没有说，只是笑呀，笑呀。于是，他又对你说，是这个瀑布吗？是这个吗？是这个瀑布吗？然后你说，是的，这就是我们一直在寻找的瀑布。后来，你的妹妹弟弟出生了，我们去家庭野餐，经常去那个地方。但是，我们不谈论我们的瀑布探险，因为你当时太小了，你根本就记不住。你不知道为什么我们总是去那个瀑布；或者你不知道是你选了那个瀑布，而我们见过那么多瀑布。其实，我们也不知道为什么就是那个瀑布，你父亲和我也不知道。或者，他也许是知道的，但是我不知道。

（小田太太哭了起来。我递给她一张手绢。她拒绝了。）

采访者　他听了，有没有说什么呢？

小田太太　他背靠着墙坐着，一直望着我，目不转睛地看着我。我看着他的时候，他的眼睛就会转开，我知道这个故事触动了他。这也就是为什么我再去的时候，又讲，又讲。我觉得这个故事触动了他，无论他说不说话，都是一样。

采访者注

我和看守们交谈过,他们说小田很不适应拘留所的生活。

看守们自然是有报纸的,他们也读了报道,知道有关于小田的事情,知道发生了什么。再加上他签了字的认罪书,他的罪行似乎就是昭然若揭,看守们对他成见很深。

这就奇怪了,按理说媒体应该是搞不到认罪书的。没错,警察局那份认罪书,他们是没有搞到。根据蛛丝马迹判断,可能是:A. 目击者看见小田宗达从房子里被人拖着出来;B. 媒体得到了匿名者提供的数据,明白需要进一步调查,而在这一点上也许是警察泄露了信息。到底发生了什么?未知。许多报纸都认为,既然他自己在认罪书上签了字,那么,小田宗达与成户失踪案绝对脱不了干系。

这样一来,特别是他又不肯合作,小田的待遇就很糟糕。他被单独关押,几乎是连续不断地有警官审问他,想从他嘴里撬出信息。你也知道,我拿到了一些审问记录,这些记录是本书的部分内容。但我疑心,这只是很多审问中极少的一部分。显然,在审问之前,看守经常不让他睡觉,旨在削弱他的意志。无论是否如此,从我们现有的录音记录来看,这一招并不奏效。

起诉之前,小田在警察局的牢里待了二十天。要庭审了,他被关押到了另外的地方。也许是因为无孔不入的媒体压境,也许还因为有认罪书,再加上小田在法庭上没有任何反驳抗议,所以整个案子显然进行得很快。

采访四（妹妹）

[采访者注。我开始采访时，宗达的妹妹小田美奈子住在别处，可能是韩国。家人给她谈起我在调查采访，她觉得很重要，就选择回到日本待上几天，要和我谈一谈。我也是在之前提到的房子里采访她的。她是个有魅力的女人，当然，年纪也不小了，穿着非常职业化。她似乎受教育程度很高，事实上，她是韩国某个大学的教授，教哪门课程，我记不起来。宗达被警察带走的时候，她正在外地求学，然后从东京赶回来见他。具体日子她不确定，也不确定是在其他家人探望之前还是之后。她说了，有个警官是她儿时的朋友，所以得到允许进入牢房，坐在了宗达身边。其他家庭成员都没能如此，其他的信息来源也没有提及这一点。]

三

采访者 你进去了，在牢房里，坐在他身边。你还是个年轻女子，正在攻读博士学位，一下子到了一个自己从未经历过的荒诞场景。

美奈子 当时，我生他的气。他从来没有撒过谎，一次都没有，所以我确定那份认罪书是真的。我担心那些失踪的人。他们中有两个人，我是认识的，这是我其他家人没有的经历，所以……

采访者 所以，这件事情于你而言，更为复杂了？

美奈子　你可以这么说，但是，我想，对于我们所有的人，这不是复杂两个字就说得清的。

采访者　当然，我并不是说……

美奈子　我知道，我明白。我只是想说，在那种情况下，我的忠诚，我的直接责任具有两面性。一方面，我想要帮助我的哥哥，他是我深爱的人，最爱的人。事实上，我最爱他，胜过次郎，胜过我的母亲，我的父亲。家里人中，只有他真正在阅读，只有他鼓励我学习。他写过很多诗。他有文化，但我觉得，除了我，就没有人知道这一点了。我认为，他没有给任何其他人提过这一点……我想要帮助他，但我也想要帮助那两位失踪的人，其中一位是女性，她曾是我的小提琴老师。另一位是男性，神道教[1]的师傅，我还是个孩子的时候，曾经拜访过他。他们失踪了，我很担心，而且为此深感内疚。如果我还可以为他们做些什么，我必须做到，我就是这样对自己说的。

采访者　这一来，你就有了某种行为？

美奈子　一个人如何行为，为什么做出这种行为，真的是说不清。如此的情况，它们更为复杂，并不是非此即彼的命题。把事件成双成对地组合起来，使之像纸牌一样互相靠在一起，这是简单化地处理事情。我觉得，这样的思维，也许在下围棋或是日本象棋时会有用，但那不是人生。

---

[1] 日本大和民族和琉球族的本土宗教，分为大和神道和琉球神道。

采访者　但是，你可以不提及他的罪行，只做些其他的事情，让他感觉好过一些。或者，你也可以问一问他那件事情的情况。

美奈子　我选择了后者。我坐在他旁边，我告诉他，他是我哥哥，我不会基于发生的事情就否认他任何一种家庭关系，但是我需要知道，这些人是否还可以得到帮助，或者……

采访者　或者？

美奈子　或者，他们是否已经不可挽回。

采访者　他和你说话了？

美奈子　他没有。我走进去的时候，他望着我。他坐在我身边。他握着我的手。我离开的时候，我们拥抱了。但是，他没有说话。仿佛是他没有了读写说的能力一样。他动作的表现力就增强了。他的动作不再依赖于他的话语。所有要表达的，他都通过他的脸和眼睛，还有他的双手来表达。

采访者　你从中读到了什么呢？它们怎么对你说话的呢？

美奈子　他心中没有了希望，一点儿希望都没有了。他在等待死亡。他的确感受到了，真的，他感受到了，他不再属于任何群体，不属于我们，不属于任何群体。

采访者　但是他拥抱了你。

美奈子 是我主动拥抱了他。有可能是出于习惯或是别的什么。或者是出于厌倦。谁能说得清呢?他在牢房里很长时间了。

采访者 他的沉默,你能接受吗?从他少年时期的行为看来,你能接受吗?

美奈子 任何一件事情都有其语境。我当时所看到的情景,在他年少之时,从未有过。

采访五（弟弟）

[采访者注。次郎得知美奈子回来接受了采访，就提醒我要提防她。他说，美奈子一直都与宗达不对付。他说，宗达犯下罪行，家族因此名声在外，对此，美奈子还很享受（这一观点奇特，我没搞明白）。他还说，宗达的案子变得更糟了，部分原因正是美奈子的介入。我认真听取了他的意见，但并没有就此采取任何行动。]

三

采访者 所以，你见了他六七次，只是和他坐在一起，然后才有了你刚刚提及的那次探望？

次郎 正如我之前讲过的那样，我只是和他坐在一起。我觉得自己也做不了其他的事情。我还年轻，不知道应该说什么，或者是不知道有什么可说的。

采访者 但是，你情绪爆发了。

次郎 是的，我爆发了，是在第八次，或者是第九次的时候。

采访者 你能描述一下是什么事情导致了那次爆发吗？

次郎 在镇上，我们的处境变得非常糟糕。没人肯同我母亲说话。只有我最要好的朋友还能包容我，即便是这样，也只是私下包容。我父亲，一辈子就是个渔民，他的鱼卖不出去了。没人买他的鱼。有一天，我父亲去商店买东西，事情就激化了。我不知道他要买什么，但商店的店员不肯为他服务。他们吵了起来，吵到了大街上。店员的祖父似乎也是失踪的人之一。他们冲着对方大喊大叫。我当时不在，我知道的，都是别人说的。

采访者 他们说了什么？

次郎 他们说，他否认宗达的罪行。他说，宗达没有做过。他只是一次次地重复这句话，最开始咄咄逼人的是那个店员，不肯为他服务，把他赶了出去。但是到了大街上，我父亲变得咄咄逼人。他冲着所有的人大喊大叫，公开场合——从来没有人见过他这样。他一直说，他没有做过。他没有做过。你们看着他长大的。你们知道他。他没有做过。人越来越多，人群愤怒了。有人打了他。他倒下了。其他人也开始打他。他被打了，很多人用脚踩他，后来警察才到的。他伤得很厉害，必须去医院。从那个时候开始，事情就变不妙了。

采访者 怎么回事呢？

次郎 到了医院，医院的人不肯接收他。于是，不得不开车送他去别的医院，他们把他收下了。

采访者 怎么会这样，那个医院怎么可能不收他？

次郎 我认为是主管医生也与失踪案的某个受害者有关系。

采访者　所以，这些都是在你那次探望之前，是吗？

次郎　那天，我去看宗达。所有的这一切，他一无所知，还是之前那个样子，只是坐在牢房里。他看见我，就站起来，走到栅栏前。我看着他，心里想，他身上是不是有什么东西，某种让他发生了变化的东西，让他成为不同于我之前认识的那个人？我非常仔细地看着他。我想要看明白，我看的这个人是谁。这个人不是别人。他是我的哥哥，宗达。我一直都了解他。他做出了那些事情，太荒唐了。他没有做过。突然，我就确定无疑了。我对他说，我说，哥哥，我知道你没有做过那些事情。我不知道那份认罪书是从哪儿来的，但它不是真的。我知道这一点。我的手穿过栅栏，抓住了他的手。

采访者　看守让你摸他的手了？

次郎　我不记得警官们在干什么。他们盯着我们呢，但他们没有上前阻止。我觉得，他们并不认为宗达是什么危险人物。如果你见过他，你也不会认为他是危险人物。

采访者　他说了什么？你说当时他说话了，他说了什么？

次郎　他说，弟弟，我什么都没干过。我没有干过。

采访者　你说了什么？你肯定很震惊。

次郎　我不震惊。与我料想的一样。我对他说，他没有做过，因为我相信他没有做过。接着，他就作出答复，确认了我说的话。非常清楚。

采访者 但是，对你而言，这肯定是某种解脱？

次郎 我可没有那样想。本来面前什么都没有，突然就有了一座要攀登的大山。现在，就是把他弄出去的事情了。之前，只是探望，只是坐在那里。我的脑子高速运转。

采访者 你对他说了一些话？

次郎 我告诉他，他应该找一位律师，他应该签署一份文件，驳回认罪书，否认认罪书。我告诉他，如果他同意，我就去给他申请律师。但是，他变得犹豫了。我不知道，他说。我认为这无关紧要。于是，我就想要说服他，说这很重要，我不知道自己说了什么。但我离开的时候，他已经同意和律师谈一谈了，同意把他告诉我的讲给律师听。我离开了，直接就到医院看我的父亲。我母亲也在，我就告诉他们了。我母亲只是发抖。她没有哭，只是坐在那里发抖。我父亲浑身都是绷带之类的东西。他整个人似乎僵掉了的样子。他说，为什么他要在认罪书上签字，问他这个。我说，我还没有想到问他这个。他说我应该想到才对。我就道歉了，说自己没有想到，很抱歉。他对我总是非常苛求，我的父亲。

采访者 然后你就去申请律师前来见面了？

次郎　我去了。

采访者　你说过，律师安排好了，三天之后来见面。

次郎　然后，我又去见我哥哥。应该是第二天吧。我得工作，去看他的时候已经晚了。他看见我似乎很高兴，第一次有这种表现。我问他，为什么在认罪书上签字。如果他没有干过，为什么要在上面签字？他说，这件事情，他不能说。我说，他必须说。他就又不作声了。我再也没法从他嘴里得到一个字。于是，我站在那里，大约有四十五分钟的样子，就希望他能改变心意，开口说话。他没有。我提醒他，我会和律师一起来，然后我就走了。

采访者　这是哪天的事情？

次郎　我不记得是哪一天。很久以前的事了！那个时候，他至少在牢里待了两个星期了。第二天，我起床后，去看我的父亲，然后再到工厂上班。当时，我还是觉得有希望。我认为，也许律师可以说服他，让他谈一谈签字的事情。我到了医院，看到父亲已经好多了。他们准备让他当天出院。他已经可以独自行走了。我把事情的进展告诉他，我说，我已经找到了律师，也问了宗达认罪书的事情。他非常冷淡。

采访者　他说了什么？

次郎　他一直对我都很冷淡。我觉得他从来没有喜欢过我。但是，这一次，他非常冷酷。他摊上了那样的事情，也许耗尽了他身上的某件东西。现在，他没有这东西了。他对我说，我是个傻瓜。他说，我是在做无用功，我是个傻瓜。他说话的时候，我姐姐进来了。我之前甚至不知道她在。我本以为她在东京。他们俩就开始交谈，说宗达怎么会在认罪书上签字，肯定是真的。说我怎么总是轻信别人，说我愚蠢。他们说，我应该让更有判断力的人来做决定。他们说，很显然，他是干了那事，现在要做的就是让他认罪，也许能免于死刑。至于说到他无罪，那只是幻觉，是我给他的幻觉。我就描述了我是怎么告诉宗达，我认为他无辜这件事情的。我说，我这样说，他就开口说话了，他告诉我他是无罪的。这时，我的姐姐愤怒了。她对我说，我愚蠢，居然这样行事，我不应该去捅马蜂窝。父亲同意她的看法。父亲让我走，说等他回家，再同我说话，但现在他只想休息。那天晚些时候，他就要回家了，但是现在他想要休息。我和姐姐一起走，她又对我说，我是个白痴，父亲已经住院了，之前被人揍，差点就死了，我还给他带来了更多的伤害和担忧。我道歉了。我糊涂了，我又要说这话，我说过好多次，但我当时真的是年轻，懂的事情不多。我想，如果是现在，我会采取不一样的行为吧。但是，当时不是现在，而我姐姐一贯正确。我父亲也是。我一直都让他俩失望。

（磁带到了尽头。）

采访六（弟弟）

[采访者注。那天我们采访还没有结束，弟弟就离开了。显然，谈到他、他父亲，还有他姐姐三人之间的关系，他觉得很艰难。这样艰难的事情，他甚至都要透露给我这么一个陌生人，我觉得这就说明了宗达对他的重要性。他，也就是次郎，想要把事情的全部经过，原原本本地讲出来。我有种感觉，他不喜欢我；事实上，我对此很是确凿。然而，他也相信我会正确处理这件事情。他在工会工作，也许他已经习惯了让步，习惯作出让步，继而与他不喜欢的人共事。尽管如此，要他这样讲话，还是很艰难，于是我们这天就此打住，第二天再继续。]

三

采访者 所以，你在医院见到了你姐姐，一起出来后，你直接就去了监狱？

次郎 我没法去；我必须工作。等到下班了，我再去的警察局，也许是晚上八点了。我到的时候，看到一个人走出来，一个女孩，我知道宗达和她很熟。

采访者 是他的女朋友？

次郎 我觉得不是。我想，他们应该是认识。所以，虽然觉得不解，我还是想当然地认为女孩是去看他。我还以为只有家人可以前去探望。但显然，她也得到了允许，多次得到了允许。其中一个看守告诉我，她每天都来。她叫吉藤卓。

采访者　她从你旁边走过，有没有给你打招呼？

次郎　她当我不存在，也没有什么好惊奇的。我们本来就不是朋友关系，当时，镇上所有的人都当我不存在。

采访者　等你到了他的牢房，发生了什么？

次郎　律师已经到警察局了。他陪着我走到了牢房。宗达站在那里，背对着我们，他让律师离开。律师非常生气。他非常忙。他问我，是否知道他手里有数百个案子？是否知道他没有时间干这个？我拼命道歉，我和律师一起走出了警察局，一直道歉，一路道歉。到了他车子旁边，律师钻进车子，开车走了。等我回到警察局，警官又把我带到了宗达那里，他不肯同我说话。他不肯转过身来。他站在牢房中间，背对着我。我肯定，他这样，表明他是无辜的。但是，如果他不肯说自己无辜，我就不知道做什么了。回到自己家，我的女朋友在过道那儿等我。她告诉我，她拿走了自己的东西。她要搬回父母那儿了。她不能再与我见面了。

采访者　很艰难的时候。

次郎　你可以这样说。

采访者　然后你在家里见到你母亲了？

次郎　我去了父母家，父亲已经睡着了。我母亲在洗东西，一件衬衣吧。她洗呀洗，洗呀洗。真的没必要再洗了。我站在那里，和她说话。她说，我父亲已经做了决定，没有什么可说的了。我问，决定是什么？她说，我们不要再谈论宗达了。现在，我就是长子，没有宗达这个人，之前也没有过。她说，我姐姐已经回东京了，她是我唯一的姐姐，再没手足，已经回东京了，我们就只有四个人，我们家里就只有四口人。听了这话，我什么都没有说。我只是离开了。

审问四

1977年11月2日。小田宗达。记录中没有出现警官的名字。

[采访者注。同之前一样,下面是审问录音的文字记录,有可能改动过,或者粗制滥造。没有听到原始录音。而且,看起来,少了很多审问的记录。10月19日到11月2日之间没有录音记录,如果因此认为这段时间没有人审问他,那就太荒唐了。这一次的录音文字记录内容很多。督察絮絮叨叨说着各种事情,有可能是想从宗达嘴里得到回应。他提到了他们之前的对话,而这些对话都没有录音。这也是审问记录遭到压缩的进一步证据。我要指出的是,这些审问记录并没有公开的必要,所以销毁无意义的审问可能也是合法的。]

三

警官三 跟我谈一谈这些纸牌吧。这些是你留在门口的纸牌。你为什么要这样做?

小田 (沉默不语)

警官三 从你个人的经历来看,你对法国没兴趣,而且你对法国也没有任何了解。是的,我们知道你有几盒法语的音乐带子。但是,除此之外,纸牌……甚至不清楚你是从哪儿搞到的这些纸牌。至少把这一点告诉我吧。你在哪里买的这些纸牌?

小田　（沉默不语）

警官三　我就想呀，我有个女儿喜欢这些东西。她有些没头没脑，爱做白日梦。你知道那种类型。她长得挺漂亮，可这对她没什么好处。做父亲的不应该这样说，我知道。但是，我想，如果她长得一般些，可是有头脑，会好得多。就说吧，她会喜欢这样的纸牌。但是，我不知道哪儿可以搞到这些。我该去哪儿搞这些纸牌？也许是东京？你妹妹在东京，不是吗？她喜欢纸牌吗？她研究语言，是不是？她会讲德语、韩语和英语。她会讲法语吗，你妹妹？

小田　（沉默不语）

警官三　也许，我该给你妹妹打个电话。也许我该派个人去问问她，看她讲不讲法语。或者，你就帮我省了这个麻烦。你告诉我得了。我会相信你说的话。

（录音设备关上的声音。）

采访七（母亲）

[采访者注。我提起了次郎讲到的细节，他父亲被打，宗达可能翻供，姐姐前去探望，等等，听到这些，小田太太变得非常激动。她说，次郎对谁都没有好心，他同家里其他人对着干，一直都是如此。她说，次郎嫉妒自己姐姐的好福气，说他没有家庭责任感。小田太太对我说，他说的话，我一句都不要信。我问她，可不可以谈一谈次郎提及的那几件事情，因为我想要澄清一下记录。我想要尽可能地做到清晰明确。可以吗？]

[她说可以。]

三

采访者　第一个问题是：商店里发生了什么？

小田太太　你是想问，我丈夫出事那一次？

采访者　是的，就是那一次。怎么回事呢？

小田太太　镇上所有的人都敌视我们。他们觉得，我们就像宗达一样有罪。我们同样有罪，也许是真的，也许可能是真的。我丈夫是这么想的。他觉得自己尤其有错。突然，我们就被鄙视了。我们是所有人当中最低贱的。多年来，一直同我讲话的人，在街上碰到了，他们就会那样，就会往旁边走上几步。他们就会走上几步，拉开距离，不是正常的距离。也许有人看不到，但是我能看到。非常明显，距离非常明显。还有，有些人甚至，他们甚至会朝我们吐口水。小孩子。

采访者　小孩子会朝你吐口水？

小田太太　有过一次。窗户开着，一个小孩朝着我吐了口水。小田先生就去敲那家人的门，但是没有人应门。

采访者　但是，我们谈的是那件事。

小田太太　当时，我丈夫去买米粉。家里没有米粉了，他得去买一点，我才能做饭。商店里，那个店员，一个卑鄙的小个子，以前我就不喜欢他，一直不喜欢。他拒绝卖米粉给我丈夫。我丈夫就把钱放在柜台上，拿起了米粉。那个店员跟着他走出来，说他的钱是臭钱。他把钱朝我丈夫扔去。我觉得他一直都不喜欢我丈夫。他把钱扔向我丈夫，还大声叫喊，说我丈夫再也甭想来那家店。我丈夫想要同他说话。他说，你知道他没有干过。宗达干不出这样的事情。是搞错了。但是那个人不肯听。他拿起一根棍子就打我丈夫，拐杖之类的东西。他挑的头，然后他就追他。我丈夫想要逃走，但是其他人把他抓住，摁在了地上，打他，一直到警察来了才完。警察甚至都不调查一下，根本就不过问是谁干的。他们就让大家散开。警察觉得这样做也没什么。

采访者　然后，那家医院不肯收他？

小田太太　那家医院不肯收他。他浑身都在流血。他甚至已经昏迷不醒了。他一会儿有意识，一会儿又没有。那个医生看了他一眼。他把救护车的后门打开，看看他，就说不收他住院，所有的人知道，他不会为小田家的人做这样的事情。我就不知道了。我来问你，这样的人怎么可以当医生？我的丈夫就被送到了另一个地方，那有真正的医生，是家真正的医院，不像第一个地方。他得到了照顾。这么多年了，我再也没去过第一家医院，一次都没有去过。我也告诉我的朋友们，不要去那儿。那地方不好。

采访者　我主要是想问你这件事情，也就是宗达告诉次郎，他说自己没有干过。

小田太太　我们不相信次郎。他一直就是个问题孩子，在学校成绩不好，总是说谎。他是个撒谎的孩子，每次他说什么事情，说出来的很有可能都是别人不能相信的。每件事情，你都得从多个方面来看，即便这样，最后也有可能是假的。所以，他一门心思觉得自己可以说服宗达。我们不相信他的。还有，说这件事情，他选了个最糟糕的时候。就在医院病房，我丈夫奄奄一息的时候？他没有死，没有。但是，他差点就死了，就差一点儿。我女儿从东京回来了，只为了看我丈夫，只是因为他受伤了。她没有去看宗达。她当时也在，她也不赞成。次郎做的那件事，她不赞成。我们并不孤单。

采访者　但是，他是你儿子。

小田太太 是的,他是我儿子。他已经变好了。现在他有了很好的家庭。他和以前不一样了。但是,如果是他回忆当时的情况,我觉得就不该信任他。

采访八（母亲）

[采访者注。小田太太特地回来解释她最后一个观点。当时房子前门响起了敲门声，我被惊醒了。走下楼去，看到她在门口。突然来访，她表示抱歉，但是她觉得，有件事情必须澄清一下。]

三

小田太太　我要给你讲一个关于次郎的故事。我要解释为什么不能信任他，一点儿也不能信任他。他以前经常玩一个游戏，他装作是法官。他的玩具来到他面前，呈递案子让他来判决。他觉得这个游戏非常好玩儿。我记得，他从来没有同别人玩过这个游戏，就他一个人玩儿。不同的玩具，他就装出不同的声音。递诉状，玩具也没有必要一定是玩偶。比如说，他最喜欢的勺子就经常出场。首先，玩具排成队，第一个，第二个，第三个——它们争吵推挤，都想第一个同次郎说话。他就坐在自己搭建的小台子上面，与它们争辩，或者是告诉它们判决结果。嗯，就像是这样的：次郎说，这是谁，它们有什么要说的？小木头盒子就排在勺子前面，勺子在布偶小鸟前面。它们都大声嚷嚷，都在说话，然后次郎伸出一只手，让大家安静。接着就安静下来，他说，如果不一个个地按次序说，就把它们全抓起来，全部杀掉。接下来，盒子就说话了。我不知道具体说的是什么，但就是这样玩的，玩了成百上千次。也许盒子想要什么东西，但是从来没有要到手。我记不清了。盒子可能说的是，每天晚上都被放在那个地方，我不喜欢。经常都有别的东西放在我的头上，不舒服。次郎就说，不要再开口，否则我就杀了你，然后就打发盒子离开。接下来，轮到勺子了。勺子就说话了，说同样的事情，每次都一样。不管说的是什么，次郎都说，不要再开口，否则我就杀了你。我觉得，他自己都记不得了吧。很早很早的事情了，那时他还没有上学呢。

采访者 但是，为什么你说不能信任他呢？很抱歉，我没看出来……

小田太太 因为他认为无论人们做了什么，或者说什么，每个人都应该得到同样的待遇。或者无论谁做什么，都是无关紧要的——所有的结局都是一样的？也许他在某些地方做出了改变，但男孩就是男孩。现在的他，还是同过去的他一样。我给你说了这个，不要告诉他。或者就告诉他吧。我想我也不知道该怎么样吧。

（她在手提包里掏了掏，拿出来一把旧勺子。）

小田太太 就是这把勺子，我想着带给你看看。不知道为什么，他总是让这把勺子说个不停，说个不停。就像是勺子最想要说服他。但是从来都办不到。他玩他的游戏，我就坐在隔壁房间，听他说话。听他玩整个游戏。每一次，我都听，从头听到尾。他让他们说的话，你都没法相信。但是，每一次，这把勺子的理由都最为精致，而且啰里啰唆的，说得最多。但每次都是一样的。不要再开口，否则我就杀了你。我真的是很同情这把勺子，所以，所以我还留着。

采访者　这是一个念想，次郎童年的念想。这是个好东西，留着也很有道理。

小田太太　不，我不是这样想的。我从他手里把这东西救下来的。我觉得他一点儿也不喜欢这把勺子。

采访九（父亲）

[采访者注。我多次想与这位父亲谈一谈。打电话时，他会同意见面，然后等到约好的那天，他就是不出现。他的妻子给了很多借口：他身体越来越差，出行不便，天气太热，等等。等到我们再次通电话，他就表现出迷惑不解，说不知道我们约好了要见面，等等。就这样约了九次或是十次，他终于来了。他非常瘦小。从他家人的叙述来看，他应该是说一不二的人，但看上去完全不像那回事。然而，等到他一开口，就表现出一种气势。和他儿子一样，他看起来既不信任我，也不喜欢我。他觉得我是在耍花招，诱导小田太太把不应该告诉我的事情说出来。他来就是为了把事情讲清楚。我不要听信小田太太说的事情。他想要把这一点说清楚。他会告诉我一些事情，就这样。他要告诉我的事情，就要取代小田太太说的，而且肯定要取代他儿子给我灌的胡说八道。听到美奈子也同我交谈了，他很吃惊。他不知道美奈子回国了，听到这一消息似乎有些迷惑。过了一会儿，他才恢复过来。他选择在院子里交谈，所以磁带上偶尔会有远处车辆的声音。他说，到了他这个年纪，下午有这么好的阳光，肯定是不能错过的。拥有的时候，就要利用起来，他是这样说的。]

三

采访者　我们从哪儿开始呢？

小田先生　听到消息的时候，我并不惊讶。当时我们的邻居告诉我，有人看见我儿子被抓到警察局去了。鲍尔先生，我可以告诉你。我一点儿也不惊讶。别人可能会因为这些事情大吃一惊，我并没有如此。

采访者　为什么你不惊讶呢？你怎么可能猜得到发生了那样的事情？

小田先生　我一直都有那种感觉，我知道要发生可怕的事情。在那之前，我们都生活得很好。我一直都生活在这种感觉的阴影中，我感觉会有可怕的事情发生，而其他人都看不见。但是，我知道，它就要来了。渔民和其他人不一样。我们有预感；不是和尚那种。我也不是说，我们渔民很特别，或者是值得敬重。我们不值得敬重。其实，有人会说，我们是最底层的，在海水里讨生活，家人过得苦兮兮的，从来都算不上什么。但是，我们真的有预感。有时，事情还没有发生，我们就看见了。这不可靠。这与知道不是一回事。不会有人觉得这种感觉有用，你明白了吗？你，你明白了吗？不是一件有用的东西。只是一件东西。当时，我知道要出大事，等到大事来的时候，我就认出来了。我之前就见过它，你明白了。就像是个老朋友。或者是个老对手。虽然立刻就看见了，但没法提前做任何准备。这种东西，蠢到家了。

采访者　所以，你觉得宗达没戏？他肯定是一事无成的？

小田先生　他和我弟弟非常合得来。就因为那个，就因为宗达，我弟弟的生意差点被毁了。但是，他们很合得来。

采访者 为什么你不到牢里看你儿子?

小田先生 你什么意思?我去过。我第一个去的,比任何人都早。

采访者 对不起,我知道那个,我想说的是,为什么第一次去了之后,你就不再去了?为什么停止了?

小田先生 我来这里同你谈一谈,不是为了这个。

采访者 你有其他想要谈一谈的事情?

小田先生 我有。我有。

采访者 那就把你想要告诉我的事情讲一讲吧。无论你说什么,我都洗耳恭听。

小田先生 鲍尔先生,我儿子有病。他一辈子都是病人。婴儿时期,他生过一次病。我妻子不承认,她就是个白痴。有一次,他整整哭了两个星期,他的脑袋都变成了蓝色。他缓过来了,但同以前不一样了。不知道是什么病,反正就是那个病。他觉得自己随时都能听到铃铛的声音。那是病症之一。所以他总是放磁带。他不想听到铃铛的声音。

采访者 其他人都没有提到这一点。

小田先生 你就不应该听信其他人的话。我们说的就是这件事,现在我告诉你的，才是你该用的。我们说的就是这个。

采访者 我明白。你已经说过了。

小田先生 也许其他人看不到，但我总是看得到。每次他要做什么蠢事的时候，我总是能察觉出来。他就会有那种蓝幽幽的脸色，从他童年开始就有的脸色，我记得的。就好像有人在掐他脖子，但又没有人掐他脖子，然后你知道了，你就知道了——他又要做出大家都会遗憾的事情了。然后，他就做了。当然了，他从不道歉，做了之后不道歉。他会做出这样的事情，比如说，我进屋的时候，他忘了向我问好。我就盯着他看，盯着他看，我盯得越久，他那种状态就越来越明显，我看得见。然后，他什么都不说，一个字也不说，就站起来，从房子里跑出去。然后，次郎也跑出去。他做什么，次郎就做什么。宗达有时候还有理智，但次郎没有。但是到了现在，哪个儿子变得更糟糕，这就难说了。

采访者 你生次郎的气，是因为他做了什么吗？

小田先生 你来这里，好像你要修补好什么东西一样。可情况是这样的：一种是坏掉的东西已经不在了；一种是事情还在继续，而你的行为无济于事。我都不知道自己为什么要来同你谈一谈。

采访者 拜托了，请允许我问你几个问题。之前，你说，这事发生之后，你在医院的时候，你说……

小田先生　那是我妻子想象出来的。我没有住院。我不知道这件事情。她有时会提到医院。她怎么会有这样的想法，我不知道。

采访者　好吧。行。据说，你禁止家人前去看宗达，或者谈论宗达。据说，你对宗达非常生气，不再认他是家庭的一员。你明确地告诉你的女儿、你的妻子和你的儿子，不准与他说话，不准去看他。是真的吗？

小田先生　我认为你不，我认为，我……

[采访者注。说到这里，小田先生起身离开，非常混乱迷惑的样子，不时地停下来告诉我，说我不应该和他的妻子、儿子或是女儿说话，说不应该相信他儿子，说他就不明白为什么我会跑到这里来。我说，如果让他感到不适，很是抱歉。我告诉他，我会采用他的证词，也会用其他人的证词，凡是我能找到的，我都会用，因为我想要一个完整的记录。他说，这个想法就没有半点可取之处，就没有什么完整的东西，他说我就应该走人才对。]

庭审

采访者注：关于庭审的新闻报道

下一部分内容，我要呈现的是小田庭审的系列报道，当时刊登在了日本的多家报纸上。高英二，有名的记者，风格特别，很受读者的喜爱。不管怎样，在诉讼过程中，他还是清楚地描述了观点和事实。我不会把他所有的系列报道都罗列出来，但也要足以讲清楚事件的发展。他的系列报道可以分为：

1. <u>涉案主要人物的速写</u>
   a. 小田宗达
   b. 法官 X
   c. 法官 Y
   d. 法官 Z
   e. 公诉人 W
   f. 辩护律师 R
2. <u>庭审过程中的情绪高潮描写</u>
3. <u>日常报道</u>
   a. 法庭事件
   b. 监狱里的重要事件
   c. 宣判，小田宗达退庭

显而易见的是，这位高对小田宗达有偏见。但我要请你理解的是：在当时的情况下，即便他有不一样的感受，也不可能以明显无偏袒的态度来写作。我觉得，他的感受与他的文字并没有什么两样。我认为，他的文字表达了他的感受。然而，当时，堺市地区群情激愤，这是不争的事实。我倒是愿意这样想：如果自己当时在写即时报道，可能会保持冷静，会比他宽容一点。这样的愿望，也不过是装模作样摆姿态吧。拳击比赛的实况报道很容易被大家批评,这是现实。但真相很简单——评论员坐在那里,无论他的位置如何不利于观察拳击手,无论他看到了什么,多也好,少也好,他必须说个不停。

我还应该指出的是,高(Ko)是笔名。"Ko"还指围棋中的一种走棋原则——棋手必须在棋盘别处放子后,再回来争夺某一地盘。他借此给自己树立起一种痴迷复杂局势的形象。他给自己起了这样的名字,是否名副其实呢?你可以自己来判断。

顺便说一句,这一报道不仅刊登在了大阪府的报纸上,还刊登在了全日本的报纸上。

小田庭审报道 [高英二]

小田宗达速写。

小田宗达

小田宗达，渔民的儿子。二十九岁。大阪府中学教育的产物。他的工作是什么？一家公司的办事员，买卖的货品是线。他被捕已有几周，原因？他被指控绑架，或许继而杀害了十一位同胞。这个年轻人，这个安安静静的人——据传言，他甚至已经承认了罪行。现在他就坐在法庭之上，三位法官锐利的目光注视着他，就让我用文字来给大家呈现一幅他的速写吧。

头发剪得非常短——也许是特意为了庭审剪短的。据传言，他刚被捕的时候，是长发。他不安地坐在自己的位置上，穿着一件非常廉价的西装。有人说，这衣服做来就是上绞架穿的。他的个子小，外形看不出威胁性，但从他枯瘦的脸颊看来，潜伏在内心的残忍野蛮若隐若现。最重要的是，最让旁观者胆战的是他双目中卑鄙的冷光。无论谁说什么，他似乎都无动于衷。他就像是在一个冰冷的星球上，拒绝所有人类的接触。我们倒想看看，等到庭审结束、法官宣判的时候，他是否能够保持这样的态度。

小田庭审报道 ［高英二］

法官速写：井口法官、半田法官、志母法官。

井口法官
第一个走进法庭。刚毅的下巴，坚定的肩膀，无不透露出他的风骨。大家都看到了，井口做的第一件事情就是盯着小田先生，让他处在自己的目光之下，就像是一只鹰看到了一只老鼠。他有多年优秀的庭审经验，让人肃然起敬。

半田法官
半田法官相对而言是个新人，但也处理过错综复杂的案件，做出了很多强大公正的判决。1975 年，三前案子的庭审，他因其表现而出名，大受媒体的推崇。那之后，他继续优异的表现。如果小田先生认为半田法官相对年轻，他会因之得到好处，这样的乐观未免耸人听闻。

志母法官
堺市地区的公众对这位法官非常熟悉，都没有必要描述了。凡是社区事务，公众都能看到他的身影。他慷慨大方，对于我们的年轻人，对于我们中那些还存有良知的人，他就是杰出的榜样。他既是活跃在大学校园里的教授，又是审判席上的法官，显而易见，有他的存在，这个案子会因之受益。他高高的个子，众所周知，他在考虑案情的时候，有用一只手握住另一只手肘的习惯（去年，艺术家榛名精彩的法庭速写非常出名，就表现了这一点）。

我觉得，再也没有比他们更强大的法官阵容了，他们会给公众一个满意的答案。

小田庭审报道［高英二］

控方和辩方速写：公诉人西藤；辩护律师内山。

公诉人西藤

检察官西藤有百分之百定罪率的名声，多年来，其他律师不辞路途遥远前来向他咨询权威意见，他可能是庭审中最有光环的人。据传闻，根据审前调查，他还确认了另一项罪行。结果是什么，我们就拭目以待吧。据说，曾几何时，年轻时候，西藤看上去就像一只苍鹭。到底是为了幽默效果，或者是表示尊贵，谁又能说得清呢？如果他依然是一只苍鹭，那就是飞翔中的苍鹭。等他收拢翅膀，降落在犯罪的水域涉水行走，那就是他为我们作出的牺牲。

辩护律师内山

内山在其十五年的律师生涯中，始终追求精湛，而其追寻之旅的前沿就是对真相的探索。他体格强健，面孔坚定，公众应该可以放心。他无论如何行事，心中都会想到受害者，想到大众，想到公正，想到罪犯最终的救赎。他在同行中很有名，声望很好。我们期待看到他在庭审的表现。

小田庭审报道 [高英二]

庭审第一天

小田宗达被带进来。就座。小田、公诉人西藤、辩护律师内山都在等待法官。法官依次走进法庭,就座。

据传言,在警察局拘留期间,小田先生拒绝说话。根据激进媒体的说法,他受到了虐待。他看起来是健康状况不佳,报纸上的说法很有可能是真的。然而,反对这一观点的人马上就指出,悔恨也能轻易摧毁他的健康。无论是何种情况,我们就看他是否会在庭审上继续保持沉默。

公诉人和辩护律师走向法官。显然是在进行某种讨论。他们回到了自己的位置。控方宣读了他们的起诉书。小田宗达被指控绑架并且谋杀了十一个人。宣读这些指控的时候,小田先生无动于衷。他的指关节没有发白,他的瞳孔没有放大,他的眉毛都没有颤动一下。他真的是无动于衷。

公诉人西藤发言期间,即便是大声读出小田先生被警察拘留之前签署的一份定罪文件,他似乎都不为之所动。那是一份认罪书,但是从法律的角度,这并不是一份有合法签名并且有连署签名的认罪书。这份认罪书给出了他的罪行,但是,它是否与正当签署的认罪书有同等效用,还有待研究。

法官们进行商议。法官对小田宗达和辩护律师内山提问:

起诉书中陈述的事实,小田宗达是承认或是否认?

小田宗达说话了。他说话非常艰难,仿佛是从身体深处把这些话逼出来。最开始,听不清楚他说的是什么。志母法官让他说话大声一点。他不得已,声音大了点。他说,起诉书中的事实,他一无所知,但他承认那份他签字的认罪书,因为自己在上面签了字。

法官们对此并不满意。法官再次询问,关于公诉人西藤的起诉书,其中的事实,他是承认,还是否认?小田先生重复了刚才说的话。起诉书中的事实,他一无所知,但他承认他签字的那份认罪书,因为自己在上面签了字。法官告诉小田先生,他刚才已经听到了起诉书的内容。他不可能对起诉书不知情。现在问他的是:他是承认这些事实,或是否认这些事实。小田先生又说话了,他说,起诉书,他是知道的,尽管如此,他既不能否认,也不能承认,更准确地说,他毕恭毕敬承认他签字的那份认罪书,因为自己在上面签了字。

整个过程中,辩护律师内山看起来非常懊恼,但又努力表现出不为所动的样子。会有什么样的结果?他不知道?——有可能吗?

法官宣布休庭。第二天庭审继续。

小田庭审报道 [高英二]

庭审第二天

小田宗达被带进来。就座。小田、公诉人西藤、辩护律师内山都在等待法官。法官依次走进了法庭,就座。

法官们宣布:如果认罪书的整体语言效果如实反映了起诉书的整体语言效果,承认认罪书中的事实等同于承认起诉书的事实,合法且适当。经裁定,此种情况适用于本案。

因此法庭宣布休庭,第二天,公诉人西藤将进行法庭辩论阶段的陈述。

小田庭审报道 [高英二]

小田先生的情况

据悉,上一周某个时候开始,小田宗达完全停止了进食。庭审开始的时候,他已经绝食四天或者五天了。激进的报纸称其为绝食抗议。我们认为,这样说毫无理由,因为看不出小田先生的绝食有任何目的,或者有任何可能的目标。可以肯定的是,小田先生并没有告知我们他的目的。

小田庭审报道 ［高英二］

大阪府的氛围

庭审期间,我待在这一地区,目睹了高涨的情绪。大家给予厚望的是:通过庭审,小田先生能够交代出成户失踪案受害人所在的地点。这一希望是否能够达成,却是完全无从知晓。有一些法律圈子的人甚至支持延长庭审,寄希望庭审能够施加某种压力,也许会迫使小田先生和盘托出真相。这是否能够成真,也是不清楚。当然了,参与庭审的人员都是费尽心思精挑细选出来的。另外,检察官西藤的审前调查结果依然没有公布。他应该是发现了可能有用的信息。

高

采访

[采访者注。关于高英二的系列报道内容，我本打算多介绍一些，但是，我发现自己一次次地想要介入其中，进行解释。因此，我觉得，我们可以这样继续，就像是在步行，一起走。我决定要找到高先生。没错，我想办法找到了高先生。他同意和我谈谈庭审的事情。采访的结果，我做以下呈现。]

[这次采访的地点是高英二本人的家里，堺市的南边，一座寒酸的建筑。他的女儿给我开门，请我坐下，各种寒暄待客，然后立刻就离开了。我们坐在窗户旁边，数扇窗户连在一起，很长，外面就是海港。这位老记者解释说，他自己喜欢上午坐在这里，到了下午，噪声太大，他就会退到房子的另一端。我对他说，采访可能花不了那么长的时间。]

三

采访者 高先生，我想请你讲一讲小田宗达庭审最后几天的情况。当时，你的报道非常轰动，刊登在全国多家报纸上。事情是怎么了结的呢？

高 他就是不说话。我觉得，很多事情，他都可以说的。他一件也没有说。审判最初，他们让他开过口，之后他再也没有说话。这就不是囚犯应该有的行为，肯定不是无辜之人应该有的。整件事情都不合情理。如果是玩笑，那就是世界上最奇怪的玩笑，一个人赌上了自己的性命，而且不明白其中可能的含义？我就不知道了。

采访者 有人说，一直都在强行喂食，他可能是因此而赌气。你相信这种说法吗？

高 肯定的，审判四天后，他因为绝食而病得很厉害，他们就开始喂食了。我认为，就在那个时候，他的态度明确地发生了变化。外在的行为还是一样的，但他似乎听天由命了。从他眼睛中可以看到的东西甚至比以前还要少了。

采访者 你们一直都希望他能谈及受害者？

高 法官们不断向他询问受害者的事情，问得非常详尽。徒劳无功。他自己的律师，我记得名字是矢野春夫，辩护律师……

采访者 我记得是内山先生。

高 哦，是的，哎呀，这么多年了。内山功。他是死了吧，我记得是。几年前死的。他家是个大家族。一直住在堺市，很多代了。

采访者 你刚才说到辩护律师……

高 辩护律师，我想想……啊，是的，辩护律师甚至都想要说服他，把所有的事情都说出来，拜托都说出来吧，对你和所有相关的人，都是最好的。内山真的是个好人，非常好，非常正直的人。非常受人尊敬。对小田，他能做的，他都试过了。很久以后，我单独同他谈过这事。整件事情，他非常遗憾。有人责怪他。这就非常不公平了，但是，嗯，有人这样做了。内山告诉我，他在自己家里保留了小田的照片，留了很多年，之后的整个律师生涯都留着，就是为了提醒自己——我们对自己的同胞知之甚少。总有更多可以了解的东西。你知道他对我说了什么吗？内山说了什么吗？退休的那一天，他把照片撕得粉碎，扔了出去。他再也不想多看一眼。我认为，他觉得自己对小田用尽了办法。他恳求他说话，恳求他解释自己的行为。但是，小田无动于衷。

采访者 结果是？

高 结果就是庭审结束了。他不肯说话，事实似乎相对清楚。他在认罪书中提到了十二个受害者，从这儿带走的，从那儿带走的，都是别处都找不到的信息，报纸上没有，哪儿都没有。我觉得，报纸只知道其中一些受害者。心里有秘密，有负担，不吐不快——就是这样。仅仅有认罪书是不够的，或者不应该只有认罪书。也许，有时候是这样的。不应该这样。这个案子，不够的。所有那些失踪的人。你必须得明白，我们非常关心这一点。大阪府堺市的每一个人，非常关心。

采访者 是的，我理解这一点。

高 就是没法子知道呀，所有的人都没办法。

采访者 关于判决——小田先生接受了判决，他也接受了其他的事情，态度一样吗？

高 你也知道的，判决就是送他上绞架。他得先去监狱，待一段时间，然后再绞死。有人因为他的沉默、他反常的行为，还提到了宽恕。也许他疯了？我不觉得他疯了，法官也不觉得他疯了。审判庭里没人觉得他疯了。法庭的工作就是主持正义，这就是社会的尺度，所有其他的尺度都弃之不用的时候，就是这个。你怎么主持正义？我们有十二个……

采访者 我记得是十一个。

高 是的，是的，十一个受害者。谁来为他们说话？

采访者 但是，宣读判决的时候呢？他有没有什么反应？

高 看不出来有。我认为，他知道会有这样的结果。没人觉得惊讶。

采访者 我来读一读你当时写的内容。你写道：漫长而痛苦的成户失踪案就这样结束了。悲哀的是，最后与开始一样，我们还是对这件事情知之甚少。我们找到了一个人为此负责，但是我们的家人在哪里，为什么他们会被带走，事实是什么？我们并不知道。这些都是秘密，小田宗达似乎想要把这些秘密带进坟墓里。希望这些秘密在坟墓里让他不得安宁。

(一分钟的停顿。)

采访者 这段文字,现在听起来,感觉怎么样?

(关掉录音机的声音。)

[采访者注:高英二选择了结束采访。]

采访者注

[那天下午,我离开了高英二的家,到附近的工业区转了转。我走了好长时间,最后才朝我住的酒店走去。等我到了酒店,高英二的女儿坐在外面的长凳上。她说,她父亲另有事情想告诉我。我可不可以立刻同她回去?我同意了,我们招手叫了一辆出租车。与她同坐出租车很愉快,这位年轻的女子显然是不喜欢我,也不喜欢我对待她父亲的方式。她也不喜欢被打发出来干这样的差事。等我们到了那栋房子,她开了门,我们走上楼。她把我引到她父亲待的房间,再次离开了。事实上,我并不清楚她到底是不是高英二的女儿。也许是他的助手或文书吧。我当然是没有问。然而,可想而知,如果是助手,帮着跑腿,她就不会这样不情不愿。谁又能说清楚呢?我坐下,打开了磁带录音机。]

三

高 我们暂时不要谈论那件事。

(他拿出了日本象棋的棋盘。)

高 你下吗?

采访者 下得不好。更擅长……

高 那就是西方的象棋了?

（笑声。）

采访者 是的，当然了。

高 你知道怎么走棋吗？

采访者 知道。应该是知道。也许有的时候，你得提醒一下规则。

高 那我们就下棋吧。

[我们下了三局日本象棋，每一局我都输得很惨。棋下完了，我们坐了一会儿，什么都没有说。高英二的助手给我们端来了热饮。光线慢慢变化，最后，马路和林荫道上的路灯都亮了。阳光在水面上存续的时间最长，但是，到了最后，那点光亮也消失了，也许还剩了一点。]

高 我不喜欢我们谈话结束的方式。所以我请你回来。

采访者 我们的谈话？

高 我们的谈话。我不喜欢那个结尾。我还有话要说。我要说的就是：在他绝食期间，我去过监狱。

采访者 去看宗达？

高 去看他。

采访者　你看到了什么?

高　他虚弱而疲惫,但是看守叫醒了他。看守队长陪着我,他们大张旗鼓地给小田摆上了食物,他没有吃。奇怪,那个时候,我就觉得古怪。现在,我的感觉,嗯,你知道的,即使是现在,也不清楚到底是哪种情况。

采访者　是不是……

高　是不是他们不给他东西吃。但是,他们把食物放在他面前了,他没有吃。我看见了的。我的摄影师给他拍了照片,我们离开了。我看着他的眼睛,或者说我想要看他的眼睛。但是,我什么都没有看见。他甚至是一副没有看见我的样子。我想,在他眼里,我与别人都是一个样。

采访者　但是,你与其他人不一样?

高　我是一个记者。我想要看看是怎么一回事。

采访者　即便那样,你……

高　是的,即便是在当时,我也没能做到。

采访者　你可以说……

高　我想要你知道,对我来说,没有那么容易——不像报纸报道听起来那样容易。我们知道得很少。我只是,我不能理解。嗯……

(磁带上又是一分钟的沉默,然后是关机的声音。)

绞刑架一样的房间

采访者注：转入死囚牢

庭审后，小田宗达从拘留所转移出来，送到了货真价实的监狱里。在那所监狱，他被安放在了被称为死囚牢的地方。小田宗达没有对审判结果，或是说绞刑的判决提出上诉。他只是继续沉默不语。他的家人没有到监狱探望他，只有他弟弟次郎是个例外。他弟弟一有机会，就去看他。还有另一个人来看他：吉藤卓。但是，关于吉藤卓，我会在此书的第二部分讲到。现在，我们继续讲述小田宗达人生中的最后几个月。这一部分的信息来源于次郎，另外我还采访了当时看押小田的看守，后者也提供了部分信息。

采访十（弟弟）

[采访者注。我采访了他父亲的事情，次郎也听说了，也听说了我与他父亲爆发了争论（在他父亲的估计之中）。似乎因为我与他父亲不对付，我还多少获得了次郎的信任。他对待我的态度变得坦诚多了，温和多了。事实上，他还想看一看我采访他父亲的录音文字记录。当然，这个，我不能答应。他的确是提醒我，很多人都认为他父亲精神错乱，我不应该把他父亲的观点当回事，但他肯定也明白，我很有可能会把他父亲的观点写到书中。他在大阪府的另一处有一栋房子，他邀请我去做客。他说，我可以在那儿待上几天，进行剩下的采访。他会带上妻子和孩子们在那儿住上三周的时间，算是度假。他可以听我安排。这么巨大的变化，真是太感人了。我立马就觉得，如果这就是实际的效果，自己应该无意识地早点得罪他的父亲。（第二轮采访的）第一次是在小田次郎家户外的凉亭里进行的。他嘴里所说的"房子"原来是一座小型的庄园。有两栋主建筑，几个附属建筑。一条小溪从庄园穿过，另有一个不错的花园，还有一片整理过的小树林，一条小路从中穿过。简言之，这是一个神奇的地方，次郎自己设计的。很清楚了，他姐姐认为自己的弟弟俗气，也许是小看了他。我说过了，有关宗达在死囚牢里的日子，第一次采访是在户外的凉亭里。次郎的女儿六岁，喜欢我，再三采花给我——磁带里出现了中断，我可能会，也有可能不会把这些打岔记录在书的正文中。不管怎样，正如你所看到的，宗达的事情是越来越惨淡，我倒是出现在了一个阳光明媚的地方。我感觉充满了希望：现在，我终于可以讲述这个悲剧人生的完整故事了。]

三

采访者　你是否可以讲一讲你哥哥不吃东西这件事情,也有些人称之为绝食抗议。据我了解到的情况,庭审的时候,你没能在现场,但庭审期间,你是去拘留所探望了他。是这样吗?

次郎　庭审期间,我去看过他三四次。我工厂的工头对我非常不满,想找借口开除我,最后他真的把我开了。当时,能挤出来的时间,我都拿出来了,也只能有七八次。其中有四次吧,等我到了拘留所,却得知不能见他,原因是他在被迫接受运动,被迫进食,等等。

采访者　你知道被迫进食是怎么进行的吗?

次郎　我不知道。他们是用某种方式强迫他吃东西吧。他们是否用了管子,或者抓住他硬往喉咙里塞东西,我就不知道了。我不知道。也有可能非常简单,只需要和尚师傅拿着勺子喂他。我哥哥非理性地喜欢和尚。

采访者　但是,他不肯吃东西,你看见了吗?你探望他的时候,看到了吗?

次郎　我注意到他更消瘦了。他的状态看上去一直都很糟糕。有一次,他似乎非常虚弱。你不要忘了,那个时候,我们已经不说话了。我带律师去的那次,说过话。之后,我们就站在那里,望着对方。后来,他非常虚弱了,拖着身体挪过来,缩成一团地靠在栅栏上，铁栏杆深深地陷入了他的背部。

采访者　你无法判断他是在挨饿？

次郎　你现在问这个，看起来是个好问题，一个机灵的好问题，但是放在当时的情况下，就没有什么机灵之处了。他的精神有可能崩溃了？他神志不清了？他吓破胆了？他的身体垮了？任何情况都有可能。甚至所有的情况都有可能。并没有听起来那么清楚，根本不明朗。

采访者　我并不是想暗示……

次郎　继续吧。

采访者　后来，他们开始喂食，你注意到他有变化吗？

次郎　他精神了一些。他又开始站着了。他们告诉我，庭审的时候，他被架到了法庭，需要支撑才能坐在椅子上，他身边得站着一位法警，让他靠着点，否则他就会摔下椅子。

采访者　这一点，我没听说过。

次郎　但是，你知道我是怎么想的吗？

采访者　……

次郎　我认为，绝食抗议的事情不是真的。我认为，这是他们的另一种手段，就想让他垮掉，就想让他再签一份认罪书，认下更多的东西。

采访者 因为第一份认罪书不够……

次郎 不够。他们还想从他身上得到更多。也许，他们开始饿着他，而他反而用上了这一招。也许，他对自己说，行吧，那我就不吃了。那我死了好了。我觉得，在他眼里，饿死成了一条出路。事情糟糕透顶，没有了出路。然后，他们就给了他一条出路，不吃东西。

（一分钟的沉默，磁带继续录音。）

采访者 究竟是怎么一回事，没办法知道了吧。

次郎 没办法，看守强加给囚犯的绝食抗议，囚犯自己上演的绝食抗议，一模一样。谁也看不出其中的区别。

采访者 但是，这个案子，他们不想让他饿死，他们想要对他执行死刑。

次郎 是的，所以他们必须让他吃东西。

采访十一（渡边牙狼）

[采访者注。完全是机缘巧合，租给我房子进行采访的女房东有一个朋友，这个朋友的兄弟之前在监狱工作，小田宗达的死囚牢就在这个监狱。显然，因为这个案子的高曝光度，他兄弟关于小田的故事都成了家里的掌故，讲了又讲，最后传到了那位女房东的耳朵里。后来，女房东知道了我要写什么，就帮我联系上了那位朋友的兄弟。我在电话里与他交谈了几次。还有一次，我在大阪的一家拉面馆与他见了面。他六十多岁了，极为虚荣自负，只要有机会，就夸夸其谈。我们只不过在拉面馆见面，他也说自己有私人关系。他说，有他，我们就能有特别的服务。其实，拉面馆的人根本就不认识他。我认为，这个人本人根本不认识小田宗达，他只不过是讲述了监狱里各种关于小田宗达的传说轶闻，而且是以第一人称的手法讲述，仿佛都是他亲身经历一样。任何熟悉口述历史的人都知道，这很常见。但是，他关于这一时间段的讲述很有冲击力。原因到底是什么？是因为他真的认识小田，他真的在现场，或者是因为他把这些轶事讲了无数遍呢？我辨别不了。无论是何种情况，关于这段时间，他都是无价的信息来源，别处还真是得不到这些消息，我很感激他同意与我交谈。]

[第一次是电话采访。我住的那栋房子（租来的那栋）没有电话，所以我在紧邻的那栋房子打的电话。]

三

采访者　你好，渡边先生。

一个声音　稍候。牙狼！请稍候。

（电话放下的声音。）

（大约过了三十秒。）

（电话提起来的声音。）

牙狼　鲍尔先生。

采访者　感谢你抽出时间接我的电话。现在电话录音进行中。

牙狼　我明白。

采访者　1978年春天，你是L监狱的看守？

牙狼　1960年至1985年，我受雇于L监狱。是的，对的……

（笑声。）

牙狼　对的，1978年的时候我在那儿。

采访者　你是死囚牢的看守，里面看押的都是最危险的囚犯？

牙狼　死囚牢的囚犯并不总是最危险的。大家通常都觉得他们最危险，但并不一定是这样。有时还恰恰相反。人身侵犯的，行骗的，到别人家里绑架的，英语是怎么说的呢?

采访者 非法入侵住宅。

牙狼 对,非法入侵住宅,或者强奸致残。犯下这些罪,就等不了多少时间。看守们都知道。我们知道该盯紧哪些人。

采访者 要学吧?

牙狼 我觉得是直觉吧。如果没有,就干不长。就是一种感觉,自己就来了。时间长了,留下的看守都是知道自己在干什么的人。

采访者 当时,小田宗达,你见过他,和他打过交道?因为成户失踪案被判有罪的那个人?

牙狼 没错,我跟他打过交道。走过来走过去,看看他,跟他说几句话,给他吃的,这样的交道。我只跟他说过三次话。他待了八个月的时间,三次话。他喜欢我。他不肯跟别人说话。

采访者 八个月?我听说的是,他在死囚牢只待了四个月。

牙狼 据我所知,不是那样的。四个月真是太短了,太短了。你不要以为我是听说的。事实上,死刑案件,八个月都短。几乎就没有听说过。当时,我们就说,肯定是有人想他死，想他快点死，我的意思是说，他的序号排到前面了。就像是凌空一跳，跳到了执行单的前面。应该是有人不喜欢他，某个部长，局势让他不爽，他想要杀鸡儆猴，我也不知道。但是，看守他，不费劲。就这样说吧。不惹麻烦，一次都没有。

（听不清楚。）

采访者 抱歉，刚才听不清楚。您说什么呢？

牙狼 我说，他表现好，到了最后，他们让一个女孩进了他的牢房。要知道，他并不知道自己就要死了。不会提前通知执行日期。从来都不通知。就只是把他们拽出来，穿过一连串的房间，一个接一个的房间。我们说，这是见佛陀，有很多不同的佛像，一个房间一个。

采访者 我有几个问题，但首先……

[采访者注。刚说到这里，信号断了。再次与他说上话，已经是一两周之后了。很快就会谈到下一次谈话的情况。]

吉藤卓的照片

[采访者注。渡边牙狼给了我一张照片,据他的说法,这张照片放在小田宗达的死囚房间里。后来我见到了吉藤卓,她承认自己曾把这张照片给他。这一来,渡边说自己认识小田,就有了一些依据。但是,也有另外的可能性:他不认识小田,照片是他从其他看守那儿得来的,或者是他在牢房里找到的。他的可信度到底有多高?对此更多的揣测,应该没用吧。]

采访十二（弟弟）

[采访者注。同样是上次凉亭里的谈话，后面部分。我和次郎一直在饮酒，他讲了一些关于他和宗达童年的故事。]

三

采访者 所以，你父亲不肯带你上渔船？

次郎 他说，我要是去了，就有霉运。

采访者 为什么呢？

次郎 他说，与我的生日有关，根据他的说法，那可不是渔民出生的好日子。即便是渔船不下水，他都不让我上船。

采访者 但是，他让宗达上船？

次郎 是的，宗达跟着他去了很多次。

采访者 这件事成为你们俩的隔阂？想要得到父亲的器重，你们存在某种竞争？

次郎 不，根本没有。我听说别家也有这样的事情，肯定的，但是……

(笑声。)

次郎　　一点儿也没有。如果非要说,我和宗达总是站在一边,对抗家里其他人。

采访者　你们俩有专属的恶作剧,对吧?在学校?

次郎　　是的。有时,宗达就在外面,从窗户外朝我教室里扔个石头。然后老师就会出去查看是谁干的,课就不上了,提前下课。我也朝他教室里扔过。

采访者　不是应该同时都在上课吗?

次郎　　我上洗手间。或者说自己要上洗手间。

采访者　干这事,他有没有被抓住过?

次郎　　他没有。但我被抓住过,好几次呢。事实上,应该是每次都被抓住了吧。学校老师总是对我起疑心,我也不知道其中的缘故。

采访者　在这一方面,你的孩子像你吗?

次郎　　你指什么?

采访者　嗯,那个孩子,似乎一直都想把我的帽子拿走。

次郎　　没错呢,东西在这儿都不安全。

采访十三（弟弟）

[采访者注。紧接上文内容。之后，不一会儿，我问他，他继续去看宗达，他父亲发现后，有什么反应。他先是告诉我，他父亲很生气，但没有细谈。稍后，我又问，他就敞开多了。]

三

采访者 你探望宗达的事情，你父亲是怎么发现的？

次郎 一张照片，倒霉照片，登在了报纸上面，监狱的照片。有个摄影师去给犯人拍照，其中也有我哥哥。他在监狱大门口碰到了我，注意到了我长得像宗达。我本来想回避的，但他还是拍了我的照片，卖给了报纸。我去看哥哥的照片，他卖给了报纸，我父亲看到了。他命我去见他。我去了。他大发雷霆。他说，已经做出了决定，我们就都得遵守。他说，我们中有人还想要继续活下去，继续我们的生活，我这样做，让大家更艰难了。我回答说，不是这样的。我这样做，我和哥哥宗达就要轻松些。我告诉他，我不相信宗达做了错事。我说，这件事情，从头到尾，我就不买账。他说，我还是蠢，一直都蠢。宗达是否做了错事，那不是关键，从来都不是。他说，你有机会过自己的生活，各自的生活，有机会过得好，不要吸引异样的眼光注意自己。如果你吸引了异样的眼光，就不会好，结果就会很糟糕，而事实无关紧要，没有用。他说，我就像个撒谎者一样尊重真相，尊重得过头了。

采访者　那时他……

次郎　他告诉我说,再也不想见到我。

采访者　但是他食言了。

次郎　是的。就是那一年,晚些时候,他食言了。但是,那个时候,他变了好多,也就无所谓了。他成了另一个人。就像他现在的样子。你看得出来,不是吗?你见到的那个人,没法让人满意的。

采访者　……

次郎　你说也好,不说也好,你都看到了,他只剩下一个空壳。

(关上了录音。)

采访十四（渡边牙狼）

他第一次谈到小田宗达

[采访者注。这是在拉面馆的采访，就是这一次，牙狼带来了我前几页展示的那张照片。照片装在一个马尼拉纸[1]的信封里，里面还有些其他东西，他没有拿给我看。我非常好奇信封里装的其他东西是什么，要看到那些东西，也许我得先得到他进一步的信任。然而，我没能做到，也就不知道其他东西是什么。他的确是把那张照片给我了，照片上吉藤卓穿着和服，背面还有字。写的是：他们在湖上飘荡，但是，他们没有看见湖。他们看见的是，湖面之上的东西，只有在白天，只有在阳光不太耀眼之时。我想要找到这几句诗的出处，找不到，后来同吉藤卓本人交谈了，才知道的。再回到此刻，我坐在拉面馆里，对面坐着渡边牙狼，桌上摆着硕大的两个拉面碗，录音机显得很小。]

三

采访者　当然，有关小田宗达的事情，你所知道的，我都非常好奇。但是，我最好奇的是你同他说话的那几次。你记得第一次的情况吗？

牙狼　你觉得我会忘记那样的一个人？

---

[1] 相对便宜的一种纸张，颜色是米黄色的。

采访者 他在视觉上很有冲击力?

牙狼 不,不,一点儿也没有。正因为如此,才奇特呢。你跟他待在一个房间的话,你就像是一个人待着。他就像是不存在一样,我认识的人当中,他的存在感最弱。并不仅仅是因为他很安静。他当然很安静,他的特征就是安静,不是吗?但是,他就是给人一种不在此地的感觉。

采访者 那你觉得他是在什么地方呢?

牙狼 当时,我们中有一些人说,要把他那股劲拧出来。我觉得,那些人是不喜欢他。这些地方,我们之间也有区分。新来的那些家伙不喜欢他,老家伙们最看重的就是行为。

采访者 这么说来,年龄大一些的看守喜欢他?

牙狼 是的,是的,我们喜欢他。

采访者 你第一次同他说话的时候,是什么样的场景?

牙狼 是关于日本象棋。

采访者 日本象棋?

牙狼 大多数等待执行死刑的囚犯,或者死刑上诉的囚犯,都有一副日本象棋。

采访者　那他们之间下棋？或者是和看守下棋？

牙狼　他们不下。囚犯之间，不可以；也不跟看守下棋。大多数时候，他们只是把棋子移来移去。有些囚犯看上去像是在跟自己下棋的样子，但我觉得他们没有下。我觉得，他们只是摆弄棋子，打发时间。

采访者　但是，也有可能，他们中有些人懂日本象棋，可以自己同自己下棋。

牙狼　我觉得，他们会下棋。我只是觉得，没法自己跟自己下。我看他们那样干过。不是在下棋，跟你想的不一样。

采访者　这么说来，当时，你给了他一副日本象棋？

牙狼　跟他说话的时候？不是的。他有一副了。他总是把金将[1]挑出来，握在手里。我不知道是为了什么。所以，问题就来了。为什么小田宗达要把金将握在手里呢？有记者前来采访，注意到了这一点。她还注意到，棋盘上摆放的棋子也很奇怪。然后，就成了这样——所有的人都在琢磨，这是线索吗？他终于要透露受害者在哪儿了？

采访者　媒体可以进入监狱？

牙狼　很少。几乎没有过。真的不常见。我得说，那是例外。不

---

[1] 日本象棋中的棋子。

管怎样，大家就开始打赌了。我不记得赌注是什么了，也许是薪水的一部分，或者是换班，或是什么其他的。还是挺重要的。哦，我想起来了。赌注是假期。赢了的人，可以从其他人那儿得到一天的假期。七嘴八舌呀，很多不同看法。但小田是不会解释的。他不会说自己为什么这样做。很多看守都找他，问他。他们威胁他，求他。都没用。

采访者　你让他开口解释了？

牙狼　嗯，我只是偶然注意到了。他是在用棋盘当日历。做日历，用不上四十个棋子，只需要三十六个。于是，他就把金将从棋盘上拿下来了。我觉得，他不想把棋子扔在牢房的地上，那握在手里吧。就那么简单。我看到他每天早上醒来，第一件事情就是改动棋盘，所以注意到了。其他人都不知道是什么意思，但我最终发现了。于是，我对他说，囚犯小田，你少算了一天。

采访者　"你少算了一天"？

牙狼　我就是这样说的，你少算了一天。

采访者　他说了什么？

牙狼　有那么一下子，他非常仔细地看着棋盘。我想，他是担心自己睡着的时候，有人动了棋盘。之前有人干过一次。他在检查，看是否对。然后，他说，没有，我一天也没有少算。

采访者 就没有下文了?

牙狼 就没有了。我赚了两个星期的假期。之后,我对他非常好,可能就是这个原因吧。这个,还有事实就是……

采访者 是什么呢?

牙狼 他跟我说话,不跟其他人说话,我心里得意。在我的想象中,我觉得这是因为我知道诀窍,做看守的诀窍,但其实不是的。

采访者 谁说得清呢?

采访十五（弟妹）

[采访者注。受邀在他们家做客，这期间，我与次郎的妻子谈了一次。她觉得自己正确的时候，就非常尖锐好辩，我们很合得来。晚上的时候，这家人玩各种游戏，桌面游戏和其他类型的游戏，她都毫不留情。我和她下了围棋。下围棋，我真是没有什么技巧。她不费吹灰之力，就打得我落花流水。我要写这本书，经常与次郎见面，她似乎挺高兴。一天早上，我很早就起来了，坐在外面（睡不着）。她走了出来，坐在我旁边，我们交谈起来。这次谈话，我没有录音，但她说的话，好多我都记得。大意如下。]

三

她说，有一点，我应该知道，次郎是不肯全说出来的，但我应该知道——次郎的家人对他一直都不好，一点儿都不好。即便到了现在，他们从他身上想要的也只是钱而已。他们甚至不想他去拜访。她说，最糟糕的就是次郎的姐姐，一个小家子气的知识分子。她说，自己人生中的一大憾事就是没有见到过宗达，次郎对他评价很高。她说，她只知道，只是知道他俩关系应该是非常亲密的。我问她，当年认识次郎的时候，是否知道成户失踪案，是否知道所有的事情，她说她知道。她说，不可能不知道。但是，她说，她还是一码归一码。也许有些人不这样，但她就是这样的。我问她，他们是否经常与小田家的其他人见面。她说，只要能不见面，她就不见面，如果我想把这写进书里，也可以。

采访者注

[我在次郎家做客的时候,一天,与次郎去散步。他说,有一条路,走起来非常舒服,特别是这样的一天。我不知道他是什么意思。那一天与其他天并没有什么两样,但是,等我们出去的时候,下起了太阳雨。他说,他最喜欢的就是太阳雨。太阳雨是好运气,但有些人说,下太阳雨的时候,不应该淋雨。我问,你淋太阳雨吗?他说,一直都淋,一贯如此。我们走出了他的庄园,踏上了一条窄路。路上没有来往车辆。他对我说,大家都待在家里,整个地方都属于你。哪个地方?我问他。任何地方,他一边说,一边笑起来。走了一会儿,我们路过了一小片林子,里面有几栋破败的建筑。深锈红色的建筑,随处可见破旧的农场设备。有一处建筑,之前应该是谷仓,东倒西歪,缩成了一团。这地方很吸引眼球。我说,建筑或是小巷子也表现出了人一般的特质,却没有人好好整理,编一份目录。次郎问我,什么意思呢。我说,意思就是,小地方、小地貌、房子、院子和树下隐藏的地点,给人的感觉或是坚定,或是重要,或是私密。这样的地方,应该列出一份单子。我就这样解释的。我的话勾起了他的回忆,他告诉了我下面的内容。]

三

次郎　打开了?好的。我记得是这样的。还是孩子的时候,一条小路的尽头有一道老旧的大门。我们就去那儿。你明白我的意思吧?你记得吧,男孩子们喜欢做的事情,喜欢去的地方,都是有尽头的;无论什么,就是要一探到底,洞底，海底，墙尽头，篱笆尽头，大门尽头，锁着的门。男孩子们觉得就要在那些地方才有真正的事情可做，你还记得那些地方吧？我父母从来不带我们去那儿。真的，那条路上，我们就没有见过别的人。每次，我们踏上那条路，就觉得自己在大逃亡。嗯，我们就去那儿，看那道大门，就那么瞪着看。我们觉得没法爬上去，全锈了，顶部还是尖的。

采访者　你说，你们经常去那儿？

次郎　有一段时间，特定的年龄，我们总是去那儿。我们坐在离大门有段距离的地方，低声讨论，制订计划。或者，如果我从家里跑出去了，或是宗达跑出去了，另一个人就知道是去那儿了。到那儿找，就能找到跑掉的那个。我总是在那儿找到宗达，宗达也总是在那儿找到我。我们都觉得，那道大门没人用，关上得有一百年了，甚至没人记得那儿还有大门。但是，有一天，我们到了那儿，门开了。门是半开着，可以进去。我吓坏了。很难解释怎么会吓到我。我不想靠近那道门，但是宗达拖着我往那儿走。我一路用脚蹭地，不肯往前，但是他继续往前。我看到他真要穿过那道门，就开始大哭，跑回家了。我没有往回看，一次都没有。他一个人进去了。

采访者　你后悔没进去？

次郎　不知怎么的，我从来没问过他里面有什么。这么重要的问题，我应该要问的，不应该忘了才对，但就是没问。孩子就是这样，有了新的思考方式，旧的便扔掉了，不断地更替；以前的问题，他们也就放弃了。当然，后来，他们记得起来。每当我想起这件事，想象他站在大门口，然后消失在里面，我好喜欢他。那个场景，我没有看到，但真希望自己看到了。

采访者注

我去参观关押过小田宗达的监狱。没能进去。在外面,我坐在租来的车子里,拍下了这所监狱的照片。接着,我开车到了周边乡下各处可以望到这所监狱的地方。我倒是想说这建筑蔚然可观,可它还真算不上什么。综合设施建筑,挺丑的,甚至都没有什么威慑力。距离监狱大门大约半英里的地方,有家小商店,卖苏打水、糖果、报纸、地图什么的。我问店里的那个人,他觉得这所监狱怎么样。他说,因为这所监狱,他的店才能开得下去。显然,人们来探望囚犯的时候,会从他店里买东西。最受欢迎的是什么东西?我问。他拿起一种糖果,我从来没吃过的。我买了一些。

当然,我是知道的,宗达在监狱的时候,人们买的不会是这件东西。我知道。但是,你面对的事情如此奇怪,有时就会有一种直觉,知道该怎么做。我感觉,买了那种糖果,我与这所监狱的关系随之改变。之后,我拍的照片有点不一样了。后来,我请别人,也就是我认识的摄影师朋友,请她看一看我拍的照片。那么多的照片中,她选出了六张,全都是我离开便利商店之后拍的。

这几张,她说,要比其他的好得多。

采访十六（弟弟）

[采访者注。这一天，我决定豁出去了，我要问一问次郎为什么不苦劝宗达推翻供词。然而，我并没有遇到提这个问题的机会。]

三

采访者 你哥哥在监狱里已经几周的时间了，你才见到了他？

次郎 没错。看守昏头昏脑的。一开始，他们把我带错了地方。我看到了一个老人。他走到牢房边上，费力地盯着我看。我想，他是在回忆，我到底是谁。也可能多年都没有人去探望过他。

采访者 你在那儿站了多长时间？

次郎 就一会儿。我说，祝你好运，老前辈。他叫我什么，记不清了。他的声音非常刺耳。看守盯着手中的那张纸。突然，他发现弄错了，就道歉，然后把我带到了该去的地方。我知道，听起来就像是喜剧一样，但那样的地方，我觉得看守是不会故意那样的。我认为是搞错了。

采访者 然后，他们把你带到宗达那儿了？

次郎 是的，其实，我哥哥完全就与那个老人不在一个地方。甚至不在同一栋楼里。在我哥哥那栋楼，所有的囚犯都是关单间。彼此见不上面。都是一个人吃饭。活动也是一个人，所谓活动就是在一个水泥天井里走来走去，即便是这个，也是一个人。

采访者 你觉得那些牢房有多大？

次郎 也许有十七平方米吧。

采访者 几周的时间里，你是第一个来看他的？

次郎 另外还有一个人去看他。别人告诉我的。那个女孩还来看他。庭审的时候，她就一直去，看守给我提过她。看守说，你姐姐一直都来看他。我当然知道不是这么一回事。我父亲说什么，我姐姐就做什么，无论多么微不足道的事情，她都完全按照父亲说的做。要她违背父亲的意愿来看宗达，绝对不可能。当时我就想起，在警察局看到过吉藤卓。庭审的时候，报纸上提到过有个女孩来看宗达，我觉得就是她。

采访者 那以后，你有和她谈过这件事吗？

次郎 从未有过。

采访者 回到第一次探望这个话题，看守把你带到了宗达的牢房。他看见你的时候，站起来了吗？

次郎 他在睡觉。带我去的看守把我交给了另一位看守。其实，一路走过来，已经换了三次看守。最后这位看守，砰砰砰地敲门，把宗达叫醒。他打开门，站在门里面，砰砰砰地敲。宗达睁开眼睛。我站在那里，看得到，他睁开了眼睛，但是除此之外，没有别的动静。门边上，一位看守正拿着棍子敲门，大声叫他的名字，他只是平静地躺在那里。

采访者　你说话了吗？

次郎　过了一分钟的时间，他坐了起来。他看见我了，表情没有改变，但走了过来。这时，看守已经关上了门，但门上有个可以滑开的窗口，通过窗口，我们可以看到彼此。我一直控制着不要眨眼。我就盯着他看，盯着他看，最后我眨眼了，但他不会。我和他就站在那里，最后天色暗下来，也许有两小时吧。看守给我说了五次，六次，我必须离开了。但是，我有一种感觉，我觉得此刻就是我能从他那儿得到的所有东西了，我觉得我再也见不到他，所以我不想走。我把自己的全部都注入目光中，站在那里，看着他，全神贯注地看着他。最后，我必须走了。实际情况并不是我预感的那样。后来，我又见到了他。但是，那天尽可能地拖延了时间，我觉得挺好的。

采访者　所以，你离开监狱的时候，天都要黑了？

次郎　是的。

采访者　你说过，那里没有公交车站？你还得一路走到公交车站？

次郎　从监狱走到公交车站，要两个小时的时间。当时，公交车晚上不运营，所以我就在公交站睡了一晚，靠在长凳上，旁边是不锈钢的栏杆。第二天早上搭公交车回去，赶着上第二轮班。

采访者　实际情况肯定没有说的这么轻松。

次郎　眼睁睁看到他遭遇那一切，艰难；然而，去他那儿，搭车不容易，艰难？的确是因为搭车难，我去看他，大概只有八次。如果我有辆车，可能就容易多了。但我可以办到的，走上几个小时，睡在公交车站，我办得到，我几乎什么都感觉不到。我一直都在想，如果我都觉得艰难，那我哥哥又是什么样的呢？

采访十七（弟弟和母亲）

[一天，我说服了次郎，让他同我一起去与他母亲最后谈一次。之前，我数次想要再联系她，可她都不肯见我。次郎说，他觉得自己可以说服母亲，但是，如果他父亲发现了，那就再也没门儿了。他言而有信，我们在公园见到了他母亲。小树林里，有两条长凳面对面地放着。我把麦克风放在了她和次郎身边。我坐在另一条长凳上。录音里，我提问题，有些听不清楚，整理的时候，我就重新组织了语言，或者省略掉。次郎和小田太太的声音非常清楚。]

三

采访者　我想要和你多谈谈。我知道，很多事情，别人都不知道，只有你知道。你了解宗达，这些都是非常宝贵的资料。如果你愿意多给我讲一点，真的是非常感激。

小田太太　（对自己点了点头）

次郎　我们上次说到宗达在学校得了一枚奖章。你记得吗？

小田太太　（发出了"嘘——"的一声）

次郎　你肯定记得的。我就在想，到底是什么得的奖章呢，我想不起了。你记得吗？

小田太太　几何学。几何学的奖章。

采访者　是他在什么比赛获奖了吗?

次郎　是的,我觉得是。我觉得是他在几何竞赛中胜出,得到了奖章。他对此非常骄傲。真的,我觉得是,他终生保存着呢。

小田太太　胡说八道。不是竞赛。也不是他自愿的,是市长来访,他必须去的。他当着全校的面,做演示。那个老师让他做的,老师以为他是最佳人选,结果没做好。事实上,他图形画错了,线也标错了。反正奖章已经做好了,老师还是发给他了。

次郎　他总是对我说……

小田太太　那个老师非常难堪。我记得,那学年还没有结束,他中途就辞职了,他们还得另外找个新老师。

次郎　哦,现在我记起来了——那是因为……

小田太太　因为你哥哥让我们很尴尬。

次郎　我不知道呢。

采访者　这么说来,平时他数学很好? 所以老师才选了他?

小田太太　我觉得不是。我没觉得他数学好。

次郎　　别这样。他数学是好。你知道的。

小田太太　我什么都不太清楚。我和你父亲去了礼堂。你也在。你姐姐也在。我们都坐着，每个班都有人上台去给市长展示他们的学习成果。宗达穿着新衣服，我们为了这事特地给他买的。我们也没有多少钱。就没钱。但我们还是给他买了，我们想要别人看看，我们不比他们差。他和别人一起排着队，站在台子上。我们坐在观众席。整个镇子的人都在。然后市长进来了，走上台子，握手。他们就让这些学生们做这个，做那个，学生们都做了。有人展示科学项目。有人展示摄影，那是一个大点的孩子。然后就轮到宗达了。他是要展示什么的，我不知道哇，三角形什么的。他画错了。所有的人都愣住了。宗达还在继续解释。我不太清楚，到底是他画错了，还是他写错了数字，反正就是不对。他继续在黑板上指来指去。这工夫，市长的眼睛都望一边去了。他不肯看宗达。我和你父亲，我们……

采访者　　小田太太……

[接着，次郎的母亲就站起来，走开了，低声对次郎说着什么，我听不清楚。这是我最后一次见到她。]

采访十八（渡边牙狼）

[采访者注。这部分内容还是来自那次面对面的采访，后面部分。很难让牙狼专注于谈论的话题，所以采访很多内容都没有价值，或者我应该说，要么就是很有价值，要么就是没有价值。有些人在采访的时候，除非感觉自己是在交谈，否则就不会透露出任何信息。这些人会向提问者提问，追问细节，朝着完全无用的方向探究。牙狼就是这样的。所以这里，有关我本人生活的无聊讨论（他问个不停）略过，与本文无关部分略过，我就从我们讨论监狱里的惩罚开始。]

三

采访者 有打人的情况？

牙狼 我可没有说过哦，没有那个意思。我说的是，如果有人讨打，那他想不挨打都难，这样那样，该来的总要来。你明白了？不是有人决定要惩罚某人，不是看守，或者别的什么人，不是他选择要做什么事情。事情不是那样来的。事情是一步步走到那儿的，顺理成章。有人反反复复地做出一种行为，就是一种交流表达的方式。就像是有人说，常规的方式，我学不会，在我身上试试别的方法。到了最后，就有人试试别的方法。说到场合，甚至都不该那样做。我的意思，也许你的意思，也许你说的是在水面上和水面下的区别。

采访者 你说的是看守用棍子打人？

牙狼　是的，但那不是殴打，是交流。那就不是一种行为，本质上不是，表面上也不是。是一种不断的挤压，不断挤压造成的结果。是结果，不是事情。这东西，不能分裂开来，不能单独看待。

采访者　宗达有没有那样挨过打？

牙狼　我觉得他从来没有挨过打。肉体上，他没有挨过，或者说，就没有人把他怎么样吧。总体而言，他与周围和睦相处。他不惹麻烦。而且，他也没有待多久。另外，一些人散发出一种气场——他们已经完蛋了。有了这种东西散发出来，看守们往往就尽量少与那个人打交道。大多数看守都是这样。

采访者　但是，有些看守不一样？

牙狼　嗯，有那么一位看守。

采访者　他做了什么？

牙狼　他就靠在宗达牢门的窗口边，说话。他站在那儿跟他说话，一说就是几个小时。

采访者　他说什么呢？

牙狼　一开始，没人知道。过了一段时间，就传出来了。大概有一个星期吧，轮到他在宗达那儿值班，他就跟宗达说话。

后来，头儿发现了，把那个家伙调走了。

采访者 但是，他说的是什么呢？

牙狼 嗯，那个家伙跟他说了好久的话之后，一天，我到了宗达的牢房。宗达坐在床上，手里握着象棋子，盯着脚看。他抬起头来，看到了我。也不知道怎么的，我就打开门，走了进去。我说，有什么事情？我就站在那里，他看了我一小会儿。接着，他说，毛利说的是真的吗，怎么上绞刑架的？真的是那样的？就这样，我才知道了他谈话的内容。

采访者 那么多的时间，他都是在悄悄告诉他绞刑的事情？

牙狼 他就是呢。更糟糕的是，他还胡编乱造，吓唬人。说得恐怖兮兮的。他说，他们会把他家人带来，让他们看。他说，他们把你脱光了再绞死，就不用把衣服埋了。他说的话，我一半都不知道，但是太恶心了。在那样的环境里工作，有人就会那样。你就开始做那样的事情。毛利呀，我猜，他是不适合干这份工作。

采访者 那你对小田说了什么？

牙狼 我把绞刑给他描述了一下。我们不应该这样做的。有些囚犯听了，吓破了胆，变了性情，就更难管理。我们不应该的，但是，我想呢，毛利已经开头了，我来画个句号吧。所以，我就给他解释了。

采访者　你现在能解释一下吗?

牙狼　嗯,是很久以前的事情了。我不知道他们现在是怎么做的。我不想谈那个。

采访者　当时的绞刑是怎么执行的,你对小田说的那些,能再讲一讲吗?没必要与现在的做法有任何关系。

牙狼　应该可以,我觉得可以。

采访十九（弟弟）

[采访者注。我必须短暂去城里一趟，次郎也要去城里开会。所以，回来后，我们就在火车站见面，然后再去他家。在车站，我们兜了一圈，才找到了足够安静、可以录音的地方。几次开头，但都不得不停了下来，继续找地方。一个喝醉酒的男人老是打断我们，我与他吵了起来，看到这一幕，次郎笑起来了。情绪挺好，我们开始了这次采访。]

三

采访者 你谈到了最后一次探望，他们怎么把你的东西拿走了，对吧？开始录音了。

次郎 我找到了一个小音乐盒子，想给他带去。傻里傻气的，我是说音乐盒，不是这个想法。我觉得给他带个音乐盒，这个想法挺好的，只是行不通。他们扣下了音乐盒。

采访者 盒子放的是什么音乐？

次郎 嗯，听起来真的很傻，但是，你得知道，宗达喜欢迈尔斯·戴维斯[1]，特别喜欢《与迈尔斯·戴维斯一起做饭，五重奏》[2]这张唱片。

---

1 Miles Davis（1926—1991），美国爵士音乐人。
2 *Cookin' with the Miles Davis Quintet.*

采访者　但是，说真的，没有迈尔斯·戴维斯曲子的音乐盒……

次郎　嗯，也许现在有了吧。这个我不知道。当时，真是没有。但是，那个音乐盒，小盒子，里面有一面镜子，打开之后，就放《可笑的情人节》[1]，是那张唱片里的曲子。非常昂贵，那个音乐盒，花了我差不多一个星期的薪水。但是，我想，如果能稍稍振奋一下宗达的心情，那……

采访者　这样的东西通常都是带不进去的，你知道这一点，但还是想把音乐盒带到监狱？

次郎　就是想呀。

采访者　他们扣下了盒子。怎么处理的呢？

次郎　我猜，某位看守送给别人当礼物了吧。我再也没有见到过那个音乐盒子。

采访者　你也因此惹上了麻烦。

次郎　他们把我带到一个房间，一个家伙冲着我吼了大概半个小时。我一个劲儿地赔罪。当年的我，嗯，一般情况下，脾气很火爆。我性子很急。但是，那个情景下，我只想着要见到他。我一路公交车，又走了那么长的路。我已经到监狱了。如果他们打发我回去，那就完了。

---

[1] *My Funny Valentine.*

采访者 但是,他们让你进去了?

次郎 让我进去了,的确如此,幸好让我进去了。那是我最后一次见到他。

采访者 你能描述一下吗?

次郎 嗯,和往常一样,他们带着我过去的。我必须签字,必须摁下手印。有时,他们会把我的手印与之前的进行比对。有一次,看守弄错了,拿出了别人的手印,他们还以为我是假冒者。但误会还是消除了。当时是他们的主管解决的问题。最后这一次,冲我大喊大叫的也是他,但还是让我进去了。我觉得,那次手印搞错了,他肯定觉得过意不去。看上去,他不像是坏心眼的人。

[采访者注。说到这里,次郎的女儿跑了过来。她问,我们是不是在忙写书的事情。孩子们知道我们在干什么,之前我并不知道呢。我猜,肯定是次郎的妻子告诉他们的。我说,我们是在工作,也许会写到书里面。她说,希望到了最后,这本书会达到应有的效果。我问她,是什么效果呢。她看着自己的父亲,说,发生了那些事情,应该让那群人觉得很过不去。她说,他们觉得没什么大不了的,到了现在,事情过去很长时间了,他们都忘记了,应该让他们想起来,让他们觉得过不去,依然过不去,就应该如此。我说,肯定的,那是其中的一部分。次郎笑了起来,那种半真半假的笑。他让女儿一边儿玩去,她就去了。]

采访者 然后,你就被带到了牢房?

次郎　是的。到监狱探望他是件奇怪的事情。你有一种感觉，好像自己每次都回到了同一时刻。我太清楚该怎么说。就好像你离开了，时间在继续，但是对于留在监狱的那个人，时间停止了。对于他们，好像你只离开了一下。他在那里，同样的衣服，同样的位置。灯泡洒下同样的灯光。同样的简易床，还是那个样子放在那里。我有一种怪异的感觉。每次看到他，我一方面觉得松了一口气，他还在那儿，老样子，没有人在对他做过什么；与此同时，另一方面，我又觉得喘不过气来。我走到牢房门口，窗口拉开。宗达看过来，看到我，就走到门后。那个时候，他很奇特，嘴巴的样子非常奇特。我觉得，是因为他不说话了吧。也许，人们不再张嘴说话，嘴巴就会变成那样。

采访者　嘴巴张开着？

次郎　有一点张开，一边嘴角张开。我不记得是哪一边了。

采访者　你站在那里，看着他，这已是你们两人的模式了？

次郎　是的。但时间很短。一会儿，看守就过来了，让我走。他没有给出理由。我觉得是有其他人来了，具体原因是什么，我不知道。看上去，他们像是要打发我走，要清场的样子。也许，他们刚刚得到消息，他的日子定下来了，所以他们不想有任何意外。我不知道。

采访者　那就是你最后一次见到他。

次郎　我记得他剃头了，剃得很糟糕，有一部分头发没有全部剃掉。现在，我脑子里浮现出宗达的时候，就是那副样子。但背景不一样，他是站在街道上。

采访者　你脑子里浮现出他的时候，他穿着囚服，剃了头，但是站在户外？

次郎　他站在街上，拿着我想要给他的那个音乐盒。但是，盒子没有打开，没有放音乐。盒子关着的，拿在手上。

采访二十（弟弟）

[采访者注。那天晚上，我们回去后，我回自己的房间睡觉，但我还没睡下，在看之前记下的笔记。过了一会儿，有人轻轻拍我的房门。我打开门，是次郎。他走进来，承认他没有告诉我那天的真相，或者是没有把全部的真相告诉我。我问他，什么是他没有告诉我的。他告诉我说，最后一次探望，有件事情不一样。我问他，什么事情不一样，为什么他没有说出来。他说，他从来没有把那件事情告诉过任何人，所以他也不清楚是否应该告诉我，但现在他决定告诉我。我问他，那次探望，最后一次探望，怎么不一样了。他说，宗达给了他两封信，宗达写的信。他说，他有这两封信，问我想不想看。我说，想。我说，之前没有想到，他可以在牢里写东西。次郎说，好像有些囚犯是可以的，宗达就是其中之一。他递给我一个纸盒子，盒子的一边有个小别扣。我告诉他，看信的时候，我会非常小心。他走到门口，但是没走，站在那里看着我。我问他，是不是不愿意这些内容出现在书中。他什么都没有说，只是站在那里。最后，他说，他想要这本书内容完整，不要有任何遗漏。正是因为这一点，他才改变了心意，拿出了这两封信。我感谢他，他离开了。房间里就剩下我，我打开了盒子。]

[这一页之后就是这份文件的内容（第一面，第二面）。]

文件第一面：亲笔遗书

小田宗达的亲笔遗书。

我的财产如下所列，以此方式分给我的家人。

书，大概十来本，在窗边的桌子上 __ 给我的妹妹。

我的**衣服**，旧裤子、新裤子、衬衣、袜子以及其他 __ 烧掉。

我的**家具** __ 送人。

我的**厨房**用具，锅，刀等 __ 给我的母亲。

我的**磁带**，**录音机** __ 给我的弟弟。

我的画，**杂志** __ 烧掉。

我的**挖虫铲子**、**钓鱼竿**、**渔具** __ 给我的父亲。

我的**自行车** __ 给我的弟弟。

我的**围巾** __ 给我的妹妹。

我的**鸟儿雕塑** __ 给我的母亲。

其他东西 __ 烧掉或是送人。

……我被带走的时候，房租是缴清了的，但从那以后，就没有付过房租。我不知道有没有什么需要处理的。

文件第二面：写给父亲的信

[采访者注。这张纸重复折叠了好多次。折叠的地方都快要磨破了。我猜，次郎经常打开这封信来读。第二天，我就要离开次郎家，看到他的时候，我把这两封信还给了他，还问他，有没有给他们父亲看过。他回答说没有。他压根儿就没有想过要这样做，而且永远也不会。这本书出版的时候，次郎和宗达的父亲已经死了（死亡年份：2006 年）。也就是说，这辈子，他都没有见到过这封信。]

父亲：

我知道你为什么不来看我。你说的没错，这是我的错。事情很复杂，但也非常简单。太简单了，我一眼就能看穿，就像是透过窗户玻璃往外看一样。我这样往外看的时候，我看到了你和其他人，你们在等待。我不知道你们等的是什么，我认为你们也不知道。一个人写东西，因为他认为应该写下来，应该说出来。所以，我就写了这封信，但是我不知道为什么应该有这封信，只知道应说点什么，然后一切就结束了。

家里后门那个地方，我在那里藏过东西。你一直都不知道。母亲和次郎也不知道，没人知道。那里有个空洞，我不时地放点东西进去。这就是我现在的感受。我想要你知道，我不再担忧了。我现在就不担忧。

采访二十一（渡边牙狼）

[采访者注。渡边牙狼极不愿意透露行刑的细节。我同他说了好长时间，我利用他的虚荣、他的自负，想要让他把告诉小田的原话说出来。最后，我拿出了钞票，还保证匿名，他才透露了细节。]

三

采访者　好，录音开始了。

牙狼　他坐在那里，看着我，我站着。当时，我觉得他可怜。他似乎有所动，像是毛利说的话对他造成了什么影响，而他没必要改变，我不想他改变。之前，任何事情，他都不为所动。我觉得他还是以前那个样子好，不要变。那样对他好。毛利悄悄告诉他的话改变了他，我不想那样。我想，这不应该发生的，也许我能弥补一下。也许，我可以跟他谈谈，弥补一下，然后事情就回到以前的样子了。

采访者　他看起来有什么不一样？你看出来了？

牙狼　我只能说我说过的。

采访者　请继续。

牙狼　我对他说，我说，什么时候会来，你是不知道的。这部分是真的。囚犯是不知道执行日期的。日子到了，就是到了，就这么简单。他们给你带一份点心来，特别的点心。很好的东西。然后就把你带出牢房。他们带你走到一条过道上，你注意到了，你从来没有来过这里。一开始，你或许以为是让你运动，或者是去医务室。但是，不是的，非常清楚了，这里是楼里的另一部分。过道很少有人用，感觉就是很少人用的样子。顺着过道往下走，一扇扇小小的窗户，没有栅栏，窗口上没有栅栏。透过窗口，你看到了草坪。然后你就来到一道门前。看守没有钥匙。门开了。门后一直都有人。有人来的时候，到了该开门的时间，他就打开门。你穿过门。现在，你就到了半敞开的空间。有一张桌子，桌子后面坐着一位看守，中士。他有一枚印章，还有一本簿子。他拿着你的证件，查看簿子。你手里没有自己的证件。其实，你从来没有见过这些证件。但是，跟你一起来的看守拿着呢。一个医生走了出来。另外还有三位看守跟着医生一道走了出来，都是你以前见过的，都是你接触过的。他们给你检查一番，医生和看守签字。他们签署的是书面证明，证实你就是你，此刻站在那里的就是你，不是别人。你也要在文件上签字，同意你就是你本人。都签好字了，那位中士就打开尽头的一道门。其他人离开了，他才开门。这是程序。都是程序。他们离开；他开门；你走进门去。跟着你的两位看守已经换成了另外两位。他们跟你走进去，一边一位。此刻，你走进了第一个房间，一共有三个房间。行刑室有三个房间。第一个是佛堂。佛龛上有一尊佛像。有和尚师傅等着你。你可能之前见过他，他也到牢里探望。他温和地同你讲话。也许，他是唯一一直视你眼睛的人。他让你坐下。在佛龛旁边，他给你诵经，送你走的经文。现在，你确定无疑了。即便这一路你都装作不太明白的样子，现在突然也就清楚了。也许，之前你脑子里有不理智的想法，觉得到了死刑的那一天，就会有特别的事情出现，然后你就知道行刑的日子到了。然而，并没有这样的事情，那是编造出来的。看守的制服与平时是一样的。也没有人递给你香烟。你也不会坐上厢式货车，不会被带到别处。无论想象过什么样的场景，都是空洞无意义的。师傅给你诵读最后的经文，也只是一瞬间。很快就完了。然后，看守马上就把你架起来，让你走。房间的另一头，门打开了。你穿过这扇门。下一个房间要小一点。也有人等在那里。那是监狱长。他身着礼服出现，看起来很尊贵，就像将军一样。他在那里等着。等着你站到该站的位置。他等着。等你站好了，他把手伸进自己的兜里。他从兜里掏出一张纸。他要说什么？即便是看守，到了这个房间也会心中不安。他读的是：他下令执行死刑。他几次念到你的名字，小心翼翼地发音，就像是你从来没有听到过自己的名字一样。根据谁或是什么的命令，你将被执以死刑。他离开房间，房门锁上。另一位看守已经进来了。他拿着一个口袋，然后从口袋里掏出手铐。手铐套在了你的手腕上，紧紧地铐在上面。接着他又拿出一副眼罩。看守们轻手轻脚地围着你转，仿佛你就是一件易碎品。你就是一件东西，他们在这件东西上进行各种操作。你被绑牢了。手臂绑牢了，头也绑牢了。眼罩也套上了，遮住了你的头、你的脸。现在你什么都看不见。看守们领着你往前走。你穿过一扇门，门肯定是无声无息地打开了，没有了监狱长，没有了第二尊佛像。虽然看不见，你意识到，眼前的东西可能是这世上最后的景象。如果你发狂，如果你已经发狂，如果你要发狂，都没关系，因为你已经被绑牢了。但是，大多数人都不发狂。大多数人被领进来的时候，都是乖乖的。即便是动物，把它们的眼睛蒙上，都会变得顺从。看守袋子里装的就是顺从，你感觉到了。看守们动作轻柔地对待你。他们领着你走。你被安放在尽头的房间，最后的房间。在你的周围，你感觉到了它的空间。看守们碰到了你的肩膀、你的头。他们把什么东西套过你的头，顺着眼罩往下拉。他们就像理发师一样，动作非常轻柔地对待你。他们套在你脖子上的是一根绳子。那绳子就像是新礼服衬衣上的硬领，弄得舒舒服服的。所有人都围在你周围，挨得很近。然后，轻轻地，他们把手从你的肩膀、你的脖子和你的胳膊上拿开。他们退下。现在安静下来。你可以感觉到绳子在往上拉。偶尔，绳子会蹭到你的后脑勺。也许，你可以猜一猜从哪儿进的房间。你会做那样的事情，你的感觉已经不再运转了，但你还是在凭感觉猜。噪声传来，地板门打开，你从地板上落下去，仿佛没有地板一样，这里的地板就不是你熟悉的那种房间地板，而是绞刑房间的地板。那就是最后的房间，绞刑架一样的房间。

+

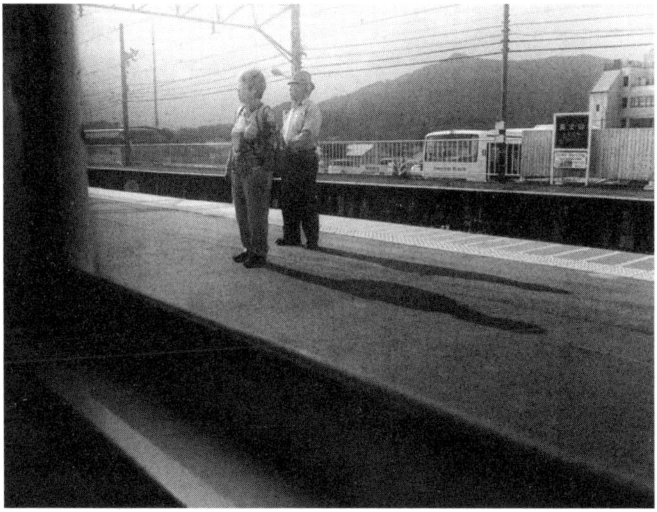

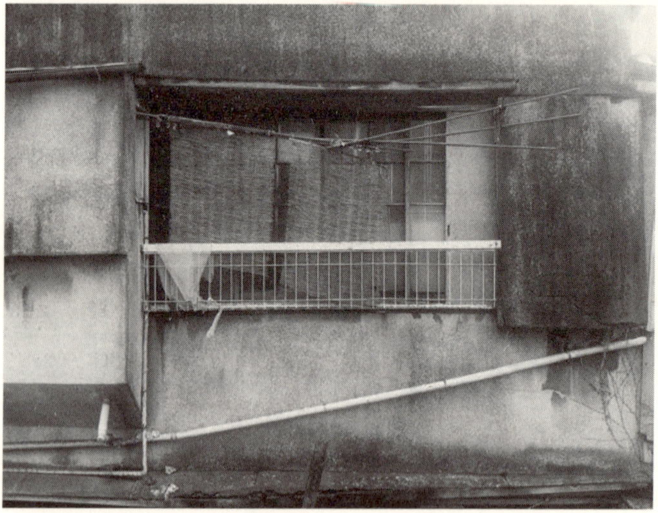

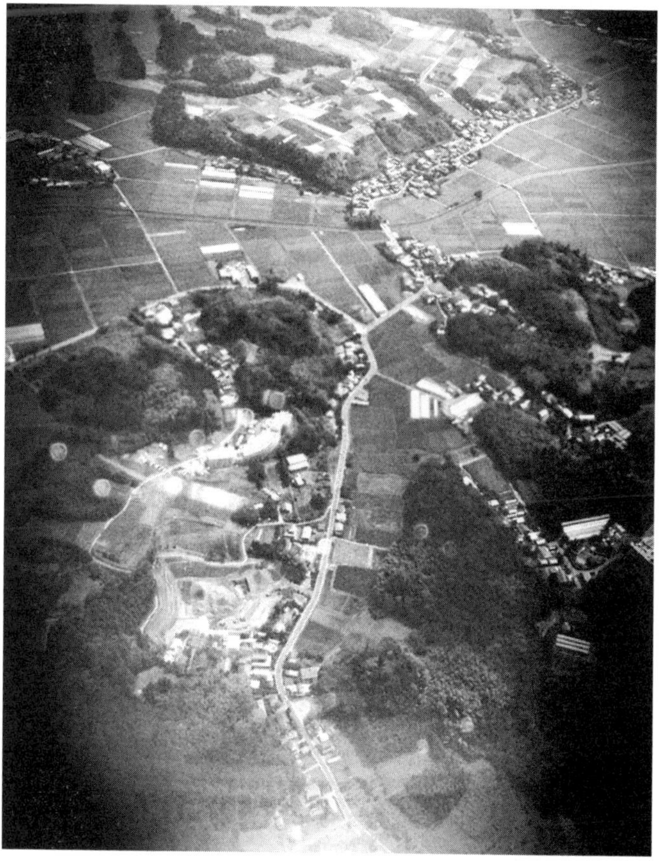

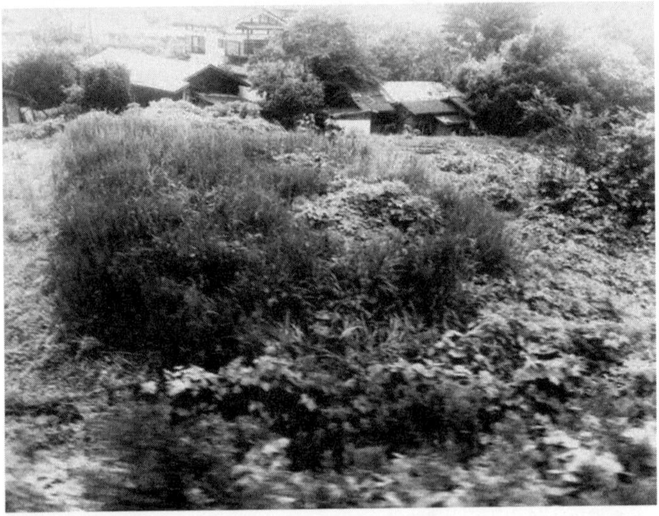

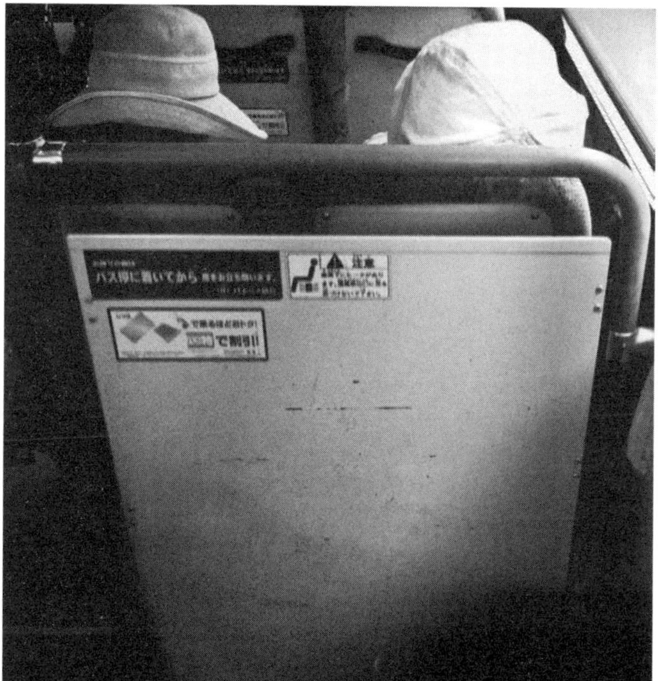
バス停に着いてから
注意
で割引!!

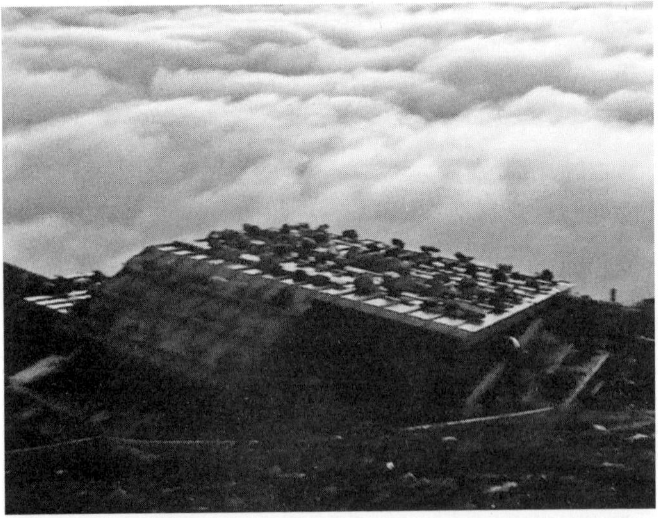

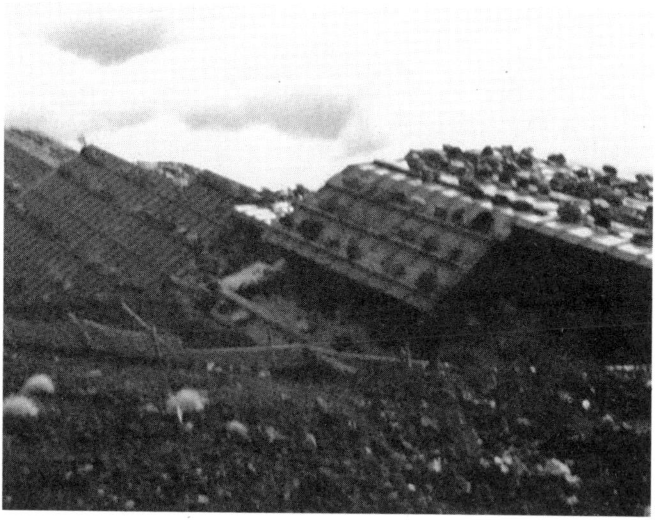

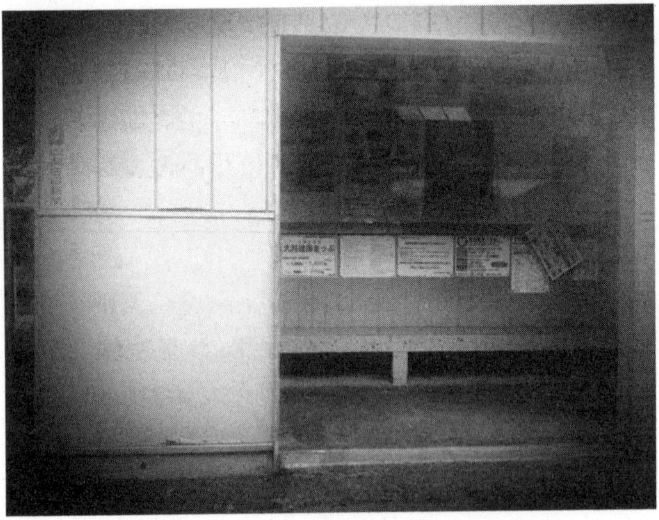

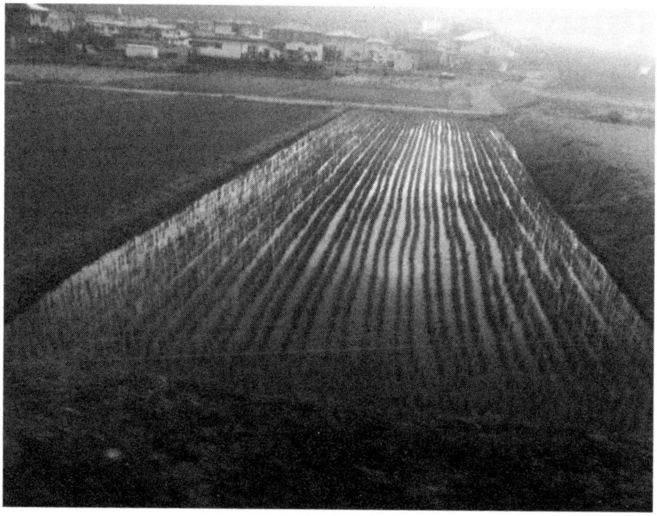

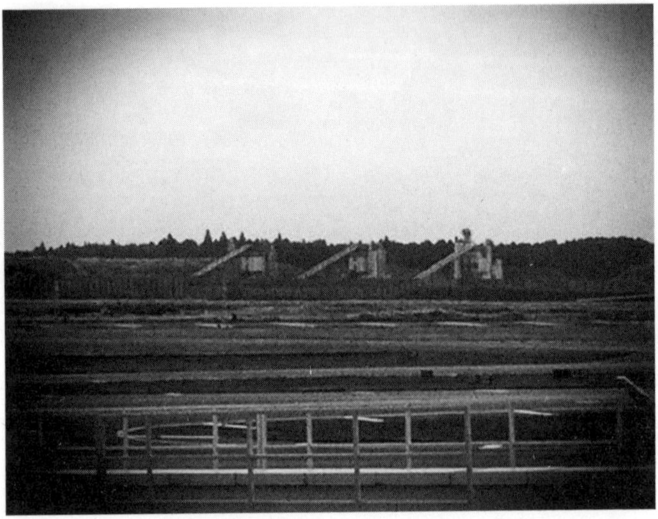

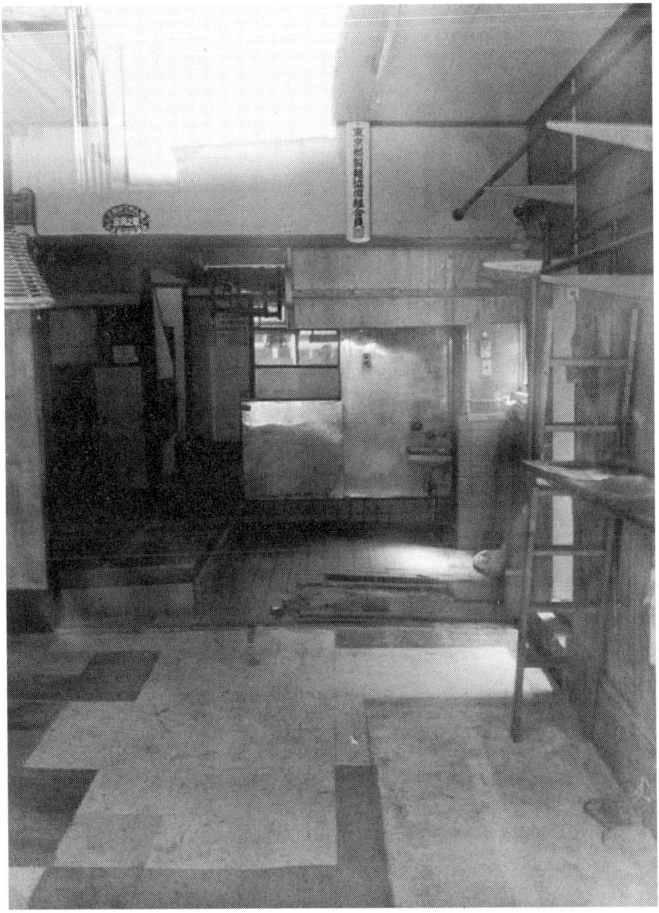

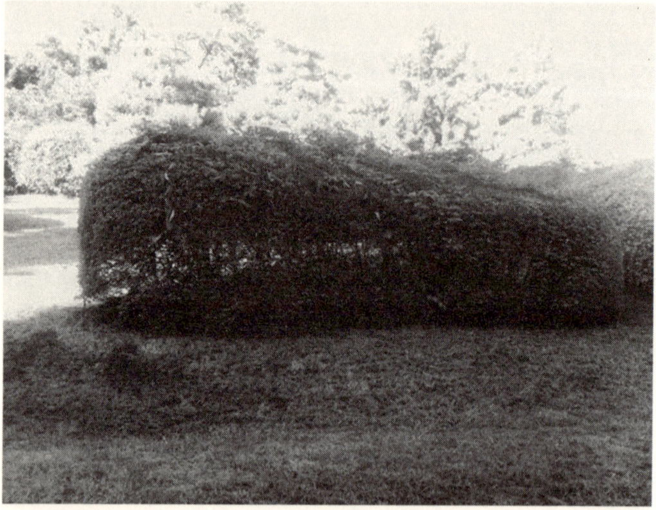

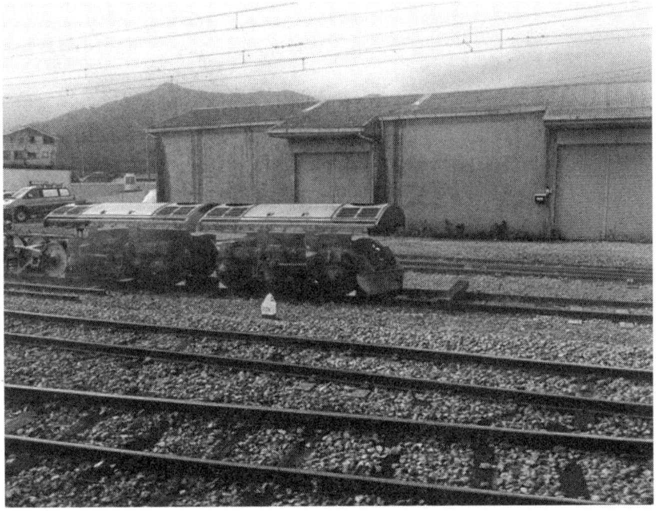

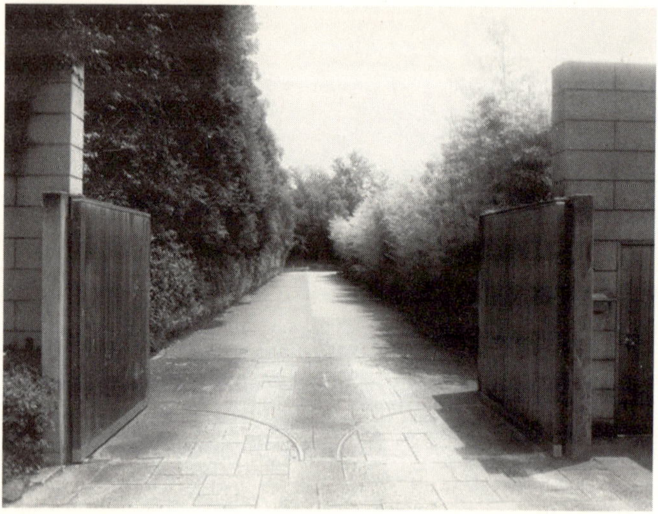

2

找到吉藤卓

采访者注

吉藤卓照片背后的那首诗,里面有些东西让我挥之不去。待在我租来的房子里,晚上,我醒来几次,脑子里总是有那么一幅画面:一个到处都是平静湖面的地方,有一片平静湖面,头顶上方是耀眼的太阳。没有声音,一点声音也没有。就没有发出声音的可能。这种不可能,我感受过。我的妻子变得沉默不语,我在无声中感受到了这种不可能。在当时的我看来,这种沉默无声似乎摧毁了我的幸福,因为如此,我才一路走来,到了日本调查小田宗达的事情。在他的沉默不语中,我也感受到了这种不可能。

所以,我告诉自己——这就是关键。如果这是一个谜团,那么其中最神秘的就是吉藤卓的存在。她与小田宗达到底是什么关系?为什么她会出现在监狱?如果从始至终就是她,她能够多次被允许探监,理由是什么呢?

我对自己说,你必须找到吉藤卓。如果找到了,即便是你必须大声说出你从未说出过口的话,你也必须要让她知道,这东西,这种无声,你懂。你必须从她嘴里撬出她从来没有说出口的话。也许,其中会有点什么,这点东西会让人明白这些沉默不语的意义,我妻子的沉默不语,小田宗达的沉默不语,还有人生那种似乎毫无意义的延伸,一日复一日,却没有任何人叫停。

于是,我开始在可能找到吉藤卓的地方寻找她。

采访者注

一开始,我在公共档案、电话本、物主名单、房地产购房记录、契约里寻找,什么都没有找到。也很容易想到,她很有可能换了一个名字生活。是呀,她有一万个理由这样做。

她可能在哪里?对此,次郎完全没有头绪。他觉得没有必要找她。我雇了一个私人调查者(诸如此类的),毫无结果。我觉得,那人就没有离开过他的办公室。我开始有一种感觉,这件事情办不成了。

我曾读过一本书,那本书讲了一个奥地利猎人。《寻找的把戏》。那时,我还是个孩子,有一年,我在图书馆的儿童区找到了那本书。也许因为书名看上去太傻,那本书才被放在儿童区。我想,肯定是图书管理员觉得这不是大人看的书,才给放在那儿的。其实,作者是一位英国猎场看守人。狩猎这件事,他很在行(年轻的时候)。文风华丽造作。我可能是(那个图书馆里)唯一翻开过这本书的人。但我肯定是最后一个,我把书偷走了,藏在了我哥哥的床底下,前面挡着一把扬琴,还有收集的破铃鼓。现在,那本书在哪里,我说不出来。我们搬走后不久,那房子就给拆了。不管怎样,那本书真是让我大开眼界。讲的是一个男人的故事——小时候,他住在一个贫穷的奥地利村庄,想要做有用的人,发现了自己特殊的才能,后来在奥地利一处恢宏磅礴的猎场升为了领头的狩猎人。但是,他特殊的才能是什么呢?嗯,他什么都能找得到,所有的东西,全部都找得到。这个男人名叫尤尔根·霍拉,就这么着,他自己发明了一套体系,凭着这套体系,他在几个领域都非同寻常地高效，而大多数人在这些方面都极为不得力。他天赋最突出的表现就是寻找东西。

我之前说过的那栋房子，就是有蝴蝶的房子（别人给我说了蝴蝶的事情，蝴蝶还没有出现之前，我就相信有这么一回事）。坐在那栋房子的院子里，突然我就想起了尤尔根·霍拉和《寻找的把戏》这本书。那时我还是个孩子，读这本书很吃力，也许正是因为阅读过程中的坚持执着，印象才这么深刻。反正就是这样了，我在一处日本的花园里思考着十九世纪奥地利猎人的生活。因为绝望，我才想到了这些。

可以这样说，尤尔根·霍拉之所以能找到东西，那是因为他从来不去寻找——我把这个秘密告诉你们，完全是因为我心地善良。不去寻找，就是那本书的宗旨。在一个特定的区域，无论这一区域有多大，无论这一区域有多小，在这区域内凡是能找到的物品（无论物品有多大，无论物品有多小），他都有一套细致的方法对其进行区别和分类。搜寻的时间或长或短，物件或多或少，他无一例外，都遵循自己的信条。

来，设想这么一个场景：你要找的东西是勺子。你进入房间，开始在房间的一边找。首先，映入你眼帘的是一张长长的沙发。沙发并不宽大，上面摆满了靠垫，旁边就是一张桌子，沿着墙一溜儿摆放。你对自己说，那可不是勺子。房间挺大，圆形，有倾斜度。接下来，你穿过房间，先是往下走，然后又往上走，来到了房间的另一端。这一部分是长条状，地势平整，算是厨房区域。你想，这里应该能够找到勺子。你拿起一样东西，放下，又拿起另一样东西。你嘴里念叨着，不是勺子，不是勺子。但是，尤尔根就不一样，如果他与你同在这个房间,他会依次观看每一样东西,琢磨这件东西是什么。他看到了沙发,把靠垫都拿开,发现沙发是勺子的形状。也许这就是我在寻找的勺子。他会注意到他所在的房间是个奇怪的勺子形状,很有可能就是他在寻找的勺子。他不会默认约定俗成的物品分类,他不会让这些分类蒙蔽他的双眼、阻碍他的发现。

因此,那天,领主的儿子失踪了,找到那个孩子的人就是尤尔根。这个孩子悄悄溜出去,装扮成女孩子,在寒酸的村户家里纺线,真的是坐在纺车旁边纺线呢。有人丢了心爱的马。尤尔根发现了一户人家,他们本来一直在集市上乞讨,很奇怪,最近却没有在集市上露面,不再像以前那样乞讨食物。他亲自到集市去,亲自去询问,什么东西在,什么东西不在。那匹马在哪儿,他不问。

很多东西都是这样,我们学了,然后就忘了,再到后来不得不再学一遍。是时候了,我要找回自己的沉着冷静,我该像霍拉一样,先看一看有什么,继而才会有发现。

所以,两个月的搜索无果之后,我停止了搜索。我要把时间花在查看小田宗达审讯录音的文字记录上。我要与他的弟弟次郎通信。我要收集材料,做笔记。我要尽可能地准备好这本书的各个部分。

还有,也许最重要的,我要在吉藤卓最后出现的地方走一走,我要仔细查看我看到的每件东西。我要问自己,我看到的是什么。

一个月的筛选和思考之后,一天,我从一条街上的一家店铺走了出来。我要告诉你的是,这条街,我经常走!——而她就在那里。我认出她来了,她就是我在照片中看到的那个人。下午三四点钟,她走在人行道上。她拿着一个破旧的布包，正在看一张纸片。这个宗达认识的女人，这个我在照片上见过的女人，二十年的岁月沉积，累加在了她的身上。我想，这就该是她现在的样子。她的外貌肯定会是这样——这就是她应该有的样子。我从来没有见过年老之后的卓，自然是不能找她。但是我准备好了，想要明白自己看到的是什么，就要观察——突然，我就找到了她。

——卓，我说。吉藤卓？

几句话也说不清我的意图。她多少有些敌意，至少是迷惑不解和不信任吧。然而，看起来，应该是很少有人与她说话的样子。没一会儿，我就赢得了她充分的信任，去了她家里交谈。一句话，她挺瞧不上自己的运气。你都和哪些人谈过了？她一直都在问。哪些人？

吉藤卓的房子

[采访者注。这一部分的复述,是靠记忆,谈话过程没有录音。你也会注意到的,这一部分的风格有点不一样。原因就是没有录音。]

三

我们穿过了几个小区,一个比一个破,最后来到了一条极其简陋的街道。就这里,卓说道,然后领着我走上楼梯。这是一座翻建的楼房,她的公寓在顶层。建筑的背面,望出去,是一小片荒地。荒地之外,一片摇摇欲坠的房子,顺着长长的斜坡一路往下延伸。

她的公寓里没什么东西。看起来就像是刚搬进去的样子。她在那儿住了多少年?到十二月,就十九年了。

很奇怪的,我来告诉你吧,我站在那套公寓里面,旁边是一个从未谋过面的日本女人,五十岁的日本女人,我完全不知道会怎么样。她看着我,等待着。

卓,我说,我想要问你一些事情。我想和你谈一谈小田宗达。我想谈一谈宗达。我想谈一谈写在你照片背后的那首诗。我寻寻觅觅,不得其解。难解之处并不在事情发生的缘由,而在于事情发生的方式。

我什么都不会说的,卓说道。会谈论这些事情的那个人已经不在了,早就不在了。

那我同你谈一谈怎么样？我说道。我来谈一谈怎么样——谈一谈这件事情和其他事情。说不定呢，也许我谈一谈，你就会明白，你谈一谈很重要的。与我谈一谈很重要的。

她什么都没有说，但我深吸一口气，开始了谈话。

她的公寓里没有厨房，只有一个小操作台，上面有一个水池，还有一个轻便电炉。她往水壶里加了一些水，把水壶放在了电炉上。

你对我一无所知，我说，但我有一种感觉，我知道的事情，你是有所了解的。

说着，我就说开了。

采访者注：在卓的家里与她说话

我从来就没有真正认识过谁，我说，然后就遇到了她。这种感觉奇怪，因为——我不会讲她的语言，她倒是会讲我的语言，但很蹩脚，而且她听不太懂。可是，我们还是在疯狂地对话。每一秒，我们都在吐露心声。我发现，我想要把自己所看到过的一切，一件不落地告诉她。

她曾是你的妻子，卓问道。

她还活着，我说，但现在不是我的妻子了。

其实，我说，我已经很长时间没有见过她了。就算我见到她，我也不认识那个人。我们一起生活多年。我抛下一切，跟着她，去她想去的地方。她有个孩子，是个女儿，我们一起抚养那个孩子。我以前有的东西，我都不再放在心上。成为作家，出人头地——这些，什么都不是了。这些，我都不在乎了。我只是想跟着她从一个地方到另一个地方，与她坐在一起，听她要说什么，看她看到的东西，看她喜欢的东西，看到她开心。我感受到了这种新生活的充实，而且我发现，之前我认为重要的东西变得一点儿也不重要了。

大千世界中，我划出了一个封闭的小天地，过上了小生活。我们生活在其中，快乐得跟什么似的。

你不可能拥有这样的东西，卓说。得不到，守不住。

一天，我说，一天，事情就来了。我们已经换了四五个国家。当时是在我出生的国度，我们生活在一个大城市里，我教书，赚生活费。我不想教书，但我还是干了，这样我们才能活下去，才有吃的，我们的女儿才能上学。

一天，我妻子不再说话。当时，她在浴室里，瞪着镜子看，她发现了什么。镜子里有东西，某种东西。到现在，我也不知道那东西是什么，但是她发现了，从那儿以后，她就不愿意告诉我任何事情了。她也说话，这是门钥匙，或者，我们去吃晚饭吧，但是，那种愿望消失了——她不再想说一件具体的事情，不再想告诉我什么事情，任何事情都不想告诉我。我们一起坐着，她双目凝视。我就问她，在看什么呢，在想什么呢。没什么。没什么特别的，她就说。我无比地爱她。所有的一切，凡是我能够想到的，我都愿意一做，就为了让她高兴，让她惊喜。所有阴郁的东西，所有别扭的东西，我都从房子里清除出去。各种趣闻轶事，我都搜刮来，一个接一个，一个接一个，一个个地讲给她听。在我们生活的城市里，我找到阳光明快的地方，满怀希望地带她去。但她的情绪只是变得越来越黯淡。她开始躺在床上，盯着天花板看。亲爱的，我就说，我亲爱的。她什么都不说。

我们的女儿开始接触外界了。她也到了那个年龄。她在寻觅新的东西，只为自己而寻觅，而且开始发现其他孩子口是心非。每年夏天，她都要回自己的原籍国，所以，像往常一样，到了六月，我们送她回国了。

我妻子的父亲去世了，她很伤心，我本以为这就是全部，却不止如此。她进入了自我意识，搜索一种全新的精神，她开始与想象出来的人进行错综复杂的崭新对话。她是杰出的作家,我见过的最优秀作家之一。各种创作形式,她一样都不缺。突然,她就开始创造一种完全存在于她想象中的全新生活方式。打这以后,她完全将我排除在外。她只与她想象出来的人说话。然后,就有了那么一天,她咨询他们的意见:这样的生活,她与我一起的生活,她是不是应该逃离?

采访者注

我还是像以前一样爱她。随时为她服务,每天,我都要想出十来个新点子,想要转移她的注意力,想要让她微笑,想要她忘记她的悲伤。但是,后来,有一天,我得到另一个城市去。我要在旧金山开一场朗读会,我就去了。那天,我走的时候,我并没有觉得有什么真正的问题——我们只是有些小麻烦,一起就能克服。我觉得,她因为父亲而悲伤也是理所应当的。我觉得,我爱的这个女人终会自己走出来。

但是,几天后,我回到家,发现房子里没有了她的东西。房子里没有了她。床上有一张条子。我要开始新生活了。

我去机场,买了一张机票。飞了数小时,搭上另一架飞机,又飞了数小时。很远的距离。等我到了她的国家,我找到了去那座城市的巴士,我搭上了那辆巴士。第二天早上,我发现自己穿行于国外陌生的街道中,朝那座房子走去。我猜她就待在那里。那是一个我从未去过的地方。

然后,我摁响门铃。来开门的人与我认识的那个女人只有一点点相似,她变了这么多。而仅仅才三天、四天——她就变了这么多。

卓在昏暗的房间里盯着我,她整理了一下自己的裙子,我这才意识到自己已经没有说话了。我没有说话,已经有一会儿了。

你明白,我说。

她点头。

过了片刻，街道上的噪声，穿过楼层，一层层地传上来。有人拖着什么东西，走在人行道上。声音越来越大，然后越来越小，没有了。整个过程，卓都盯着我，等着。

那天以后，我继续说，对此，我没能了解到更多的东西。我想要在她身上找到答案，就去和她交谈，一次又一次地找她交谈。即便她曾经知道，但也不知道了。我在自己身上也寻找过。我也不知道。这之后，我的生活极度混乱。我完全不预后果，就做选择。我就这么来到了这里。我看见了这首诗，我觉得其中有些东西，你是知道的。也许不是我需要的东西，但是它们也是东西呀，也许接近于我需要的东西。这些东西，你愿意给我讲讲吗？关于不语，关于无声，关于沉默，任何人都行，任何东西都行。凡是你知道的，都行。

两个星期后再来，吉藤卓说。

她站了起来。

你能找到这里？

我能，我说。

那就两个星期后再来，我看看到时候能给你说些什么。

我就要离开，卓叫住我。

知道吗，她说道，万事皆无理由。

她关上了门。

我走下楼梯，经过四盏灯，其中三盏坏掉了，另外一盏一闪一闪的。一楼公寓房间的门半开着，我听得到里面的人在大笑。有人在唱歌，还有做饭的香味。

我想，近距离接触到别人的生活，也就是这样了。

等到了街上，有个卖电池的男人，他冲我微笑。我不懂他的意思。他说着什么，我一个字都不明白。他回过神来，仿佛是得胜一般，举起一把电池。他再次微笑。

我冲他摇摇头。不，我不要什么电池。那个实实在在的美好微笑，来自一个实实在在的好人，落在了我身上。但是，片刻之后，他走了，或者是我走了——街道空空，什么都没有留下。

采访者注

我想要把自己的意图给卓说清楚。我觉得,从她那儿我到底能得到什么,完全取决于我能给她什么,取决于我能在多大程度上解释清楚发生在我身上的事情。我感觉,我完全没有说清自己的意图。我做得很糟糕,这一点,我很确定。我几乎就记不得自己说了什么。

我给她写信,刚开头,就趴在桌子上睡着了。

那天晚上,我又梦到了卓的湖,但是,这一次,有啁啾的小鸟从上空飞过。它们尖叫,它们啁啾,但是听不到声音。我可以感受到它们的声音掠过湖面,我抽泣着要去感受,但无论我怎么努力,还是什么都听不到。

第二天,我醒来,就写信。写了一整天,天黑了,我去卓居住的公寓楼,送信。大楼的门厅里有个小箱子,上面有她的公寓号码。我把信放了进去。有个孩子拿着一根棍子,靠墙站着。他拿着棍子敲腿,看着我。

那儿没人住,他说。

我知道有人住,我说。我昨天在那儿见过她。

那我搞错了,他说。我不知道你在找谁。

不要碰这封信,我说。如果丢了……

我就走了,他也离开了。我们同时走进夜幕中的街道。他往右,我往左。他一走到外面,就开始小跑,很快不见了踪影。我抬头想看看卓的窗户,但是,当然了,她的窗户在公寓楼的后面。公寓楼靠街道的这面,有一盏灯亮着,人影晃动,就像灯光落在他们身上一样,他们不可触及的生活也洒下了什么东西。

那一刻,一如既往,我总愿意相信,房间里的人很幸福,他们知道我不知道的事情。但是,我不再多想,回家了,回到了我自己冰冷的房间,然后我就想我给吉藤卓写的那封信。

采访者注：写给吉藤卓的信

亲爱的吉藤卓，

昨天我说的一切，都请忽略掉吧。请让我以不同的方式重新说一遍。真的，这件事，我还从来没有对任何人提及过，所以说出来的方式不对。也许，我之前说的，在事实基础上，更为接近事情发生的原委。但是，我现在要以另一种方式说出来，你可能更好理解，立刻就能理解。现在，就让我这样来谈谈吧。

一个男人爱上了一棵树。就是这么简单。他走进森林去砍树，找到了一棵树，当时，他就知道自己爱上了这棵树。他忘记了自己的斧头。斧头从他手里落下，他都不知道。他忘记了他的村子，忘记了他走过来的小径，甚至忘记了同伴们勇敢而响亮的声音，而同伴们正在那广阔的林子里呼喊他名字，在找他。他在那棵树前坐了下来，然后他就安置下来。很快，甚至经过那儿的人都看不到他就躺在树根之间。

对他而言，这就像是一片草叶展示出无边的渴望和方向，有了这片草叶，他就可以找到自己的渴望和方向，而且他真的找到了。

他和他的爱，开始寻觅他们想要的东西，与世无求。不用任何人的应允，他们创造出各式各样的快乐欣喜，他们在彼此身上找到了这个世界缺少的所有东西。你像新铸的硬币一样闪耀。你像树一样挺拔。你像思想一样敏锐。他们完全藏身于彼此的爱中,那片草叶覆盖了他们的心,他们所有的引吭高歌变成了一股股无法破译的气息。

但是,有一天,那个男人醒来。他发现自己还是站在一棵树前,却是一棵自己从未见过的树。他也从来没有见过这片森林。他身上的衣服几乎已经成了碎片。我这是在哪儿,他问自己,然后跌跌撞撞地走出了林子,看到其他人在一排房子前面等着。但是,自己到底怎么了,他们也说不出来。

我之前是在哪儿呀,他在思索。我做了最最可爱的梦,在梦中,我一直是在和谁说话呀?但是,就在他想的功夫,它消失了,他比任何人都要贫穷。

振作起来,其他人对他叫道。振作起来,你个傻瓜。

啊,他说,原来这样就成了傻瓜呀。以前我还不知道。

++

采访者注：两个星期

两个星期的时间，我到处晃悠，有点迷迷瞪瞪的状态。谈论自己的人生，就像是换了一种角度看待我所生活的世界。我感觉，我多少是把自己放在了卓的面前，让她来评判。真是荒谬可笑！想到她什么都没做，而我平白无故就献上了自己，就更觉得好笑。其实，在宗达的整个事件里，考虑到她的角色，一般都不会对她有好感。然而，不知怎么的，宗达信任她；同样的，现在，我也信任她。

我给家里几个认识的人写了信。我想同时阅读两本不一样的小说，没能办到。我在几家不一样的餐馆吃饭，都很好吃。点菜的时候，我要么就是点得太多太多，要么就是太少太少。

我想要寻求出路走出自己的困境，却发现走进了别人的困境，而其中有些早就不存在了。到了现在，我想要从他们的困境中找到自己的方式原路返回，就好像我们人类还真能从彼此身上学到教训一样。只是想要发现小田宗达经历了什么，这是重点。这一直都是重点。但是，如果真的了解到了这一点，我就多少能看得远些……

终于，两个星期到了，我返回卓的公寓。不知怎么的，我觉得她可能不在，但是，她在。走进公寓楼，我一眼就发现，我的信不在箱子里。我想，那她就是读过了。我走上楼梯。她开门的时候，手里正拿着那张纸。

进来吧，她说。

她的面庞比上一次温和。是我说服了她，还是别的原因，我不知道。她的面庞温和些，但这种温和反而进一步透露出了生活带给她的艰辛。人在户外生活，常年暴露在日头下，会有一种冷峻朴素的感觉，她身上就有这种感觉，田间劳动者或是阿巴拉契亚山音乐人的样子。我一直都偏爱这种面孔，一直觉得自己要是有这么一张面庞就好了。要有这么一张面孔，似乎得受很多苦。当时，我并没有想这些。当时，我想的是，她拿着我那封信。我急切地想听一听她要说什么，说一说我的情况，说一说小田宗达，还有冈仓。我渴望写这本书，我渴望找到素材，要找到素材才能讲述完整的故事，现在，她就在我面前，突然，我感觉距离自己的目标近了很多。

但是，她做的第一件事情是走到窗户边，坐了下来。她做手势，示意我也那样。

我们暂时不要说话，她说。

我们坐了一会儿。透过地板，我可以听到楼下公寓的声音。太阳照在这座大楼的另一端。卓的公寓里，天色慢慢暗了下来。到了最后，她不得不把灯打开，否则我们就只得坐在黑暗中。

灯光下，我注视着她的脸，想要从中辨认出当年的那个女孩，那个探望宗达的女孩，那个和冈仓住在一起的女孩。过了一会儿，我觉得，我能看出她来了。她看着我，说道：

这么多年了，就没人这么长时间地看着我。这种感觉，一般人都不明白。因为他们有家庭，有群体生活；他们不是独自生活，不是不见人，所以他们不知道独自一人是怎么一回事。数月过去了，没人看你一眼;数年过去了,甚至没人碰一下你的手、你的肩膀。你就变得和鹿差不多,一旦被碰到,就焦躁,就害怕。超市里,地铁上,那些瞬间的接触,都让你不知所措。这样的接触可能非常频繁,但你还是感觉不知所措,因为那些都是无意之中的接触。再到了后来,除非是偶然,人们甚至都不会看你一眼。

她双手扣在一起。

我在一家机器公司上班,就在隔壁的那条街上。我是秘书,手下还有两个秘书。别人把工作分配给我,我再把工作分配给他们。工作就这么简单,简单到了没必要的地步。我一个人吃午饭,做完工作,就回家,坐下,一个人吃晚饭。有时,我到港口散步,看一看船。听到你说出这些名字,小田宗达,佐藤冈仓;听到你说出吉藤卓这个名字,我觉得好遥远。你给我讲了你自己的生活,我替你难过。你受到了伤害。我也是。还没有结束。还要继续。我知道的。但是,我读了你的信。我给你写了一封回信,你拿去吧。两天前,我把这封信扔了出去,但我又给捡了回来。拿去吧。

她把信递给我。

我觉得你现在可以走了。我倒是希望有话给你说。

她站了起来。我也站起来了。

我走向房门,她打开了门。

我能够告诉你的,或者是告诉任何人的,都在信里面了。再见。

2.1

吉藤卓的证词

采访者注

到了家,我打开了吉藤卓给我的那封信。我一口气读了两次,放下信,站起来走出家门,好好地思考一番信中的内容,回来,坐到我的椅子上,又读一次。

信的内容,全文如下。

寻找存在的爱情，理解这样的爱情，这是我的信仰。不要凭空创造爱情，不要去捏造爱情；去寻找存在的爱情吧，看看是什么样的。通过别人的爱情，通过已经存在的爱情，去理解这样的爱，这是我的信仰。许多人留下了爱情的记录。可以找到。可以读一读。有些记录是歌。有些只是照片。大多数是故事。我一直寻觅爱情，渴望爱情。我查看了所有可能是爱情的东西。此刻，我在给你写信，谈论的人是小田宗达，他是我爱过的人，他也爱我。我知道还有其他人会谈到小田宗达，他们也会谈到我，他们有可能知道这是怎么回事。知道这些事情的可能也没几个，也许有那么几个人吧。然而，我知道的是我当时的感受，是我当时看到的。我写下这封信，不是为了比较事实，不是为了达成任何一种理解，而是为了记录爱情，为了那些相爱和渴望爱情的人而记录。我不伶俐，我不擅长遮掩。我写的都是我的感受，以及我感受的方式。往下看就是了。

我和另一个男人一起见到了小田宗达。我和那个男人在交往，他叫冈仓。这时机很奇怪，时机不好。我们在同一地区长大，但我根本就不认识小田宗达。之前我未见过他，之后他就被抓进了监狱。我们说了几句话。我认识的宗达，在他的处境之下，是一个没有自由的人。所以，我成了他的自由。还有其他人。他们是他的家人，来了，走了，聒噪。他们来看他，或是看到了，或是被拒。我没有遇到过阻碍。我不知道那是为什么。在我看来，应该有阻碍才对，像我那样，那么频繁地去看他，去看他那么多次，很难办到的。其中的原因，我说过了，我不知道。但是，在这一点上，我们算是幸运吧。我经常去看宗达，无论看守是谁，无论是哪儿的看守，我总能进去，有时身份是他的妹妹，有时是他认识的女孩。我总能进去。从来没有被拒，一次都没有。生活中就有这样的事情发生——我能这样说，因为我经历过。

是的，那天晚上，我是和他在一起。就是我把认罪书送到了警察局。我有一个可爱的绿色信封。非常挺括！绿色的纸张，很挺括，折起来，外面用绳子固定。冈仓把认罪书放在了信封里面。晚上，在家里，冈仓和我睡不着。我们在酒吧与宗达道别，回到了自己家里。我们俩都睡不着。他坐在黑暗中，手里拿着装有认罪书的信封。没有钟。我们就坐着，望着窗户。天亮了一会儿后，他把信封递给我。他说，卓，现在拿去吧。我穿上外套，走到门口，穿上鞋，走下楼梯。外面，阳光非常明媚。我满是一种感觉——我觉得自己就像是铰链，连着一个长长的东西。我远远地转动一扇门。一扇门在我身上转动，毫不费力。分量很沉，但我挺得住。我带着认罪书来到了警察局。我敲门。警官正趴在桌上睡觉。他醒了，揉着眼睛走过来。我送东西来，我说。给你。

他们不知道那是什么，所以我是谁，他们也不在意吧。我走了。接下来，我就得知宗达被抓的消息。他进了拘留所。成户失踪案，他干的。来得突然。我整天坐在房子里，等到晚上，我和冈仓出去，找点东西吃。行得通吗？行得通吗？冈仓不停地说。餐馆有个收音机。就这样，我们听到了他被捕的消息。

++

人们似乎喜欢用简单的方式来说事情，或者是了解事情，可我总是喜欢绕远路。我母亲总是取笑我。你每次都是绕远路。我的确是。我是绕远路的。宗达在拘留所的时候，一天，我去看他。对我而言，与冈仓共处一室，有些事情已经变了。我感觉自己像个洗好的瓶子，通身冰凉，空空如也。但是，在拘留所，我感觉年轻。我不知道自己为何物。我问自己。我说，卓，你为何物？在拘留所，我沿着走廊走着,我真的不知道。

等我到了他的牢房,他正面朝墙壁坐着。宗达,我说,你的卓来了。从那一刻开始,我们就像是生活在古老的传说中。他看着我,就仿佛我把他点燃了一样,就像是我在节日里点燃的人偶。一切的含义,他明白。一切的含义,我明白。我说,我每天都来这儿。我们有了新的生活。

如果有人说,为了相爱,一个男人和女人必须住在一起,或者他们必须见面,至少他们必须同时都活着,嗯,这样说都是错的。了不起的恋人过着一种为爱而准备的生活。多年的时光,她梳妆打扮,虽然看不到任何希望,仍然站立在世界的裂缝边。他沉睡在自己的内心里。她带着眼泪擦干头发,用一个个的名字擦洗皮肤。就有那么一天,他,她,听到了深爱之人的名字,却毫无感觉。她可能看见了深爱的人,却毫无感觉。但是,在很远的地方,有一个轮子,带着细细的辐条,在旋转;那个名字,那个场景,就变得像石头一样坚实而具体。然后,无论他在哪里,他说,我知道我深爱之人的名字,它是……或者,我知道我深爱之人的面孔,她在——那儿!他回到那个地方,她在那里看到了他,她拿出了全部的自己——就像是一片开阔的水域,在下方,在旁边,在远处,在周围,即便是最细微的动作,也能触摸得到。了不起的爱情就是这样开始的。我能够告诉你这一点,因为我就是了不起的爱。我有了不起的爱情。我经历过。

++

当然了,接下来等我见到冈仓,我换了一副面孔。他不知道发生了什么。他什么都不知道。但是，他告诉我。你继续见他。继续去。我告诉他，我会继续的。你要让宗达咬定认罪，不松口。帮助他，让他勇敢。他够勇敢了，我说。这是他的神奇之处。是的，冈仓说。是他的神奇之处。我想说一下我与冈仓是怎么一起生活的，我睡在他的床上，我和他一起醒来。每天我都知道有这个人，然而我不是他的，我是与宗达在一起，我是宗达的。我要么就是在探望宗达的间隙间，要么就是在探望宗达。每天，我活着的时候只有十分钟，五分钟，一个小时，看守给我们多少时间，就是多少时间。

那个跟着冈仓的女孩卓，冈仓想到哪儿，她就到哪儿，她躺在他身旁，坐在他的膝盖上，她空无一物。我一点儿也不看重她。她就是一个空壳，一种等待的方式，仅此而已。每天，我出发去拘留所，我就像穿上外套一样，穿上我的生命，然后血液就流到我的胳膊，我的腿，我的躯干。我才呼气吸气，活着，走出去，活着，穿过街道去看我的宗达。

对他而言，这是什么？有人说，我不知道。他们说，我怎么可能知道。我从未了解过他。我去看他。我们几乎不说话。他们这样说。

其实，对他而言，这是什么，我是知道的。我就简单告诉你吧：他感觉自己在坠落。他感觉自己在往下坠落，穿过一个个的深井、一个个的洞穴、一个个的裂缝；而我就在一扇扇的窗户边，他下坠经过，有那么一瞬间，我们是在一起的。然后我就冲到下一扇窗户，往下，再往下，他落下经过的时候，我就再次看到他。

我不是喊叫的人。我没有朝着他喊叫，他也没有冲我喊。我们就像是某座小镇上的老年人，写信，然后再让一个男孩一家家地递信。

我们就像那样安静。

关于沉默,我只能说我听到的,我只能说所有的事情都是通过声音了解的,它们发出的声音,或者没有发出的声音——所以,并不是言语本身,而是它的效果,沉默也是一样的。如果世界上有一个沉默的王国,但有一个人可以说话,那他就是永恒之美的国王。但是现在,在我们这世上,说话就没个尽头;然而会有那么一天,到时候,与其说话,还不如什么都不说。但是,我们还在挣扎继续。

有一次,我想象每个人都有一匹马——我们所有的人都骑上马背,朝着某个方向前进,不一定要有什么明确必要的目标。想到这里,我要哭出来了——我,一个小女孩,一想到这个,就要哭出来。但是,这个想法让我很幸福,说不出来的幸福。我记得在一本书中看过一幅插画,茫茫一片,全是马,就是那种感觉——好多好多马!那么多的马,足够了,我也可以有一匹,我们都可以离开了。

哦,我对宗达说过的事情!

我对他说,我说,宗达,昨天晚上,我梦到了一辆火车,一年只有一趟的火车,就像一艘大船,驶向某个遥远殖民地。我说,殖民地所需要的全部货物都在船上。这艘船把所有的东西都带上了;那些殖民者需要做的就是坚持,一直坚持到这艘船再次来到,然后一切都会好起来。这辆火车,这艘船从西方驶过来,沿着轨道过来的。映衬之下,一切都变得矮小。这是我的梦。这辆巨大无比的火车比它周围的世界更真实。宗达,我什么都没有给你带,但这正是你所需要的东西,我给你带来了。我会一次次地给你带这个,你就等着,要坚强,好好过。我们不用等,你和我,我们不用等来生。今生，这就是我们的生活。我们不会有别的，不需要别的。一切都安排妥当了。我们就像是从桌子上取下的桌腿，被抛在一边，被分开了。我们完全明白彼此的感受，我们躺在那里，互相挨着，就好像我们是完整的桌子。没有了桌子，我们两个桌腿，就这样挨着，就仿佛桌子在我们中间来回移动。

我总是说这样的事情，他就会微笑。人在打结或是拆信封的时候，嘴巴就会歪着，他的嘴巴就是那样。为了冲我微笑，他就做出那种微笑样子。我好喜欢——我告诉你吧！但并不是所有的时候都这样美好。他被抓住的时候，所有的力气都耗尽了，他需要时间恢复。接着，他的牢房换了一次又一次。他上了法庭。他又下了法庭。他被关到了一个新地方，然后又是另一个地方，另一个新地方。

在第一个地方，我们很快就有了一种模式。我穿外套，里面穿的是什么，也就看不到了。我说，我穿的衣服是什么颜色？有颜色吗，具体是什么颜色？他说出一种颜色，或是另一种颜色，他会给出一种颜色。然后，我就脱下外套，我们就看是什么颜色。针对某件无意义的事情，对或错的感觉是非常强烈的。

但是，他从来猜不对。我觉得他是故意的，但我并不确定。很多事情都是这样，我根本不确定自己是否清楚。

我会对他说，给我坦白吧，对你的卓坦白吧。坦白你爱上我了。说吧。

然后，他就会说，我的卓，穿外套的卓，各种颜色的卓，来看我的卓。他会说这些事情，意思是他爱我。

我们靠近彼此的时候，他就会变得非常僵硬，一动不动。他就盯着我看。我想要装出什么都无所谓的样子，其实并非如此。虽然只是装样子，如果两个人都装，就不再是装了。就变成真的了。我要他去死。他可以说自己没有认罪，可以推翻之前所说的话。他可以把所有的事情和盘托出，关于冈仓，关于认罪书，他可以说自己一无所知……他是知道的，没错，他是知道的，他弟弟来了，告诉他了，他明白自己可以那样说，那样他就自由了。但是，同一天晚上，我也在那儿，他告诉了我，然后我说，

天际边的那排树——你知道它们的存在。你没有去过那儿，你只是远远地看到过它们，每次看到都是第一次。有人从窗户朝远处望去，或是开车环行，转过一个拐角。远方，那排树，立刻就可以看到。那排树，有些地方是暗影。暗影在移动，在那排树中移动。只不过是某种指望。有人想，那片森林与其他的不一样，或者是与之前见过的不一样。有人就想，我要去那儿，走进去，走到那两棵树之间。

宗达，我说。我就是那两棵树。我们现在进入了那片森林，走出来的路与任何人都没有关系。你不应该打扰任何人。他们只是拉着你的石头，发出刺耳的噪声。所有的这些舞台，所有的这些角色，每个人只是从中选择自己的人生。我们是囚犯，是他的爱。我有时是这个，有时是另一个。你是这个，然后又是另一个。我们在稀薄而疯狂的空气中跳水，仿佛春天才刚刚开始。我们在跳水，但我们是用自己的梦在我们的下方制造水。我看见的东西，给了我希望。我会回到你身边，我亲爱的，我会回到你身边，回到你身边，回到你身边。你会是我的，仅仅属于我；我也一样。我在别处的时候，我会转过脸，看着你。我会只看着你。

然后，他就明白我是对的，我是唯一属于他的人，唯一完全求助于他的人，唯一只看着他的人。我赢得了他。就在那一瞬间，他知道了，这是一种绝对完整的拥有；即便是大地，吞没了我们孩子们躯体的大地，都不能有这么完整的东西——因为只有我会一次、一次、一次地给出我自己。我们给出自己的死亡，然后就没有了。可是，这个，我们给出又收到，给出又收到，给出又收到。

++

我回家见冈仓，我说，那个弟弟叫他翻案。他说，翻案。我说，他告诉他的。他要翻案了。他说，他最好不要。为了谁，我说。他最好不要，他说。你最好这样告诉他。我说，我说过了。那就好。他一把抓住我的脸，他说，卓，那就好。你提醒他。

冈仓是个蠢人。他是个蠢货，蠢得就像一份工作，就像一份职业。但是，他在法庭上不蠢，与人群接触不蠢。他是个孤独的蠢货，属于他自己的蠢货。他是个蠢货，因为他不知道什么是生活。就在他眼前，我开始了另外的生活，他看不出来。他看不出其中的区别，他看不出来：他的卓已经不在了，取而代之的是一个灰色的女人，她穿着雨衣，点头，坐下，做饭，眨眼睛，眨眼睛。他看不出其中绝对的含义：我生活在别处，就像那个男孩，盯着一张老照片看，然后一声叹息，离开了自己的身体。

哦，我的天呀！我多么想再次过上那种生活。像这样谈论它，把它写下来：我就像太阳落到最低云层时的一码阴影。我有多个影子，但也只是在我背好行装的时候，也只是在我站的地方——我站在车站，帽子拉得低低的。你见过我这样的老女人吗？我已经老了很长很长的时间了。

++

我怎么才能解释呢，怎么才能用语言给你表达出来呢？我可以说，我一次次地去看他。我可以数出来，一个个地讲出来。所有的探望，我都不记得了。这是真的。但是，我又每个都记得，无一例外。这样说，就非常正确——我可以说出那段时期的某件事，我知道它是否是真的。然后，我就把它写下来。不真实的，就由它们自己吧。

我与宗达一起的人生，第一部分，他在拘留所的牢房里。牢房靠大街那边有扇窗户，阳光从南边照过来，必须弯腰，再弯腰，然后从窗户透进来。等到阳光照进这个小房间的时候，已经完全不是阳光了，只是一位寒酸的老妇人。然而，我们总是寻找她，寻找这点阳光，等她来的时候，我们渴望她那点微不足道的礼物，渴望看到她消瘦的轮廓。我就说，哦，宗达，哦，我的宗达，今天，你就像数一数二的长腿猫。他就微笑，然后大笑，意思是说，卓，你说的那种猫，一点儿也不像我。

我与宗达一起的人生，第一部分，他住在一个篮子里，篮子放在一匹狼的背上，这匹狼朝着西方奔去。我是这匹狼皮毛上的一只跳蚤，位置得天独厚，享有各种便利。我可以探望这名囚犯。我可以和这名囚犯说话。我让这匹狼觉得他自己身居要职。一天，真的，我对狼说，我说，知道吧，你正驮着一名非常重要的囚犯，越过边界。他说，我皮毛上的跳蚤，你尽可以告诉我这样的事情，但我尽可以不听。

我人生的第一部分,我把所有关于自己的事情都告诉宗达了。我告诉他,我家里有十四个孩子,我是最小的(这是谎言)。我告诉他,我小时候有一条裙子,裙裾有十四英尺长,其他的孩子就托着我的裙裾,裙子很配我。我告诉他,我上过捕鱼的课,七个人站在小溪中,十四只手搅动一根绳子,然后鱼就跳起来,跳进我们腰上挂着的帆布口袋里。每个谎言都是关于数字十四的谎言。我想要他了解我。我也说了真话。我说,你躺在这间牢房之前,我还没有见过配得上我的东西。我说,我不是我周围的环境,也不是我的命运,你也不是别人说的那个人。我说,我来说话,你可以叫停,但是其他人不可以。我来说话,我什么都说,就像是放在橱窗里发出沙沙声的小小收音机。我编出这世上所有最微不足道的东西和事情。我把它们打乱,混装在罐子里,有空的时候就拿出来。这就是我们爱情最小的边缘,最小的角落:你还是可以对我有这么多的期待。

我人生的第一部分,我跪在一间牢房的栅栏边,我的爱就躺在那儿。我发出呼唤声,就像是一个女人在呼唤鸽子,此时这个女人已经老了,看不见鸽子了。我的嘴巴发出嘘嘘的声音,因为我很肯定,有人之前说过,有人说过,发出这样的声音,鸟儿就会来到你身边。

我就像一条毯子,挂在栅栏上。我为他哭泣。我微笑,大笑。我是一座剧院,有一百部戏剧,可是没有演员,只能上演一部戏——也就是第一部戏,策划这部戏的时候,剧院还没有修。如果我们有一座剧院,这就是我们要上演的戏剧。我们只需要一个演员,还有一块放在她脸前的布。我放了这么多块布,教了我的宗达各种各样的事情,没有人知道这些事情,我不知道,其他人也不知道。这些都是我们生活中真实的事情,在空气中却空洞无谓。

我人生的第一部分,在拘留所的台阶上,一个女人拦住了我,她是我的母亲。她说,我要去的地方,我要见的人,她都听说了,她听到了奇怪的事情,她要了解真相。这个女人,我的母亲,她在拘留所的台阶上拦住我的时候,我感觉身处古希腊的历史里,而她要误导我。好母亲,我告诉她。一个人看看朋友,还是以前的样子,没有改变。

我人生的第一部分,有个早期导演让我在一部老影片中出镜。他告诉我,这部影片是很多年之前拍摄的了。你就是这个角色的最佳人选。很多场戏都是夜景,但是我们在白天拍这些镜头,凡是能利用的阳光,我们都要利用。阳光越多越好,这样我们才看得清楚,因为我们必须做到一清二楚。一点儿都不能隐藏,我们伤不起。

我人生的第一部分结束了,宗达被转到了另一个拘留所,他们饿着他。

++

我人生的第二部分,正如你知道的那样,亲爱的朋友,我的宗达几乎要被饿死了,看守不肯给他东西吃。他们对他说,你必须求我们给你吃的。他告诉我,他们说,我必须求他们给吃的。我说,你?你?求他们给吃的?他也是这样想的,他绝不会这样做。我不用那样的方式支配我的生命,他说。他说了这些话,他说话的方式是微笑。我说了这些,我的方式是眨眼。我穿着外套,双手抓着栅栏,站在牢房边上。我看得出来,他非常饿,他更瘦了。

我人生的第二部分,我的宗达很瘦,几乎都要散架了。他的身体只有手的边缘那么宽。我想叫他吃东西，但我没有。我不但没有叫他吃，我自己也开始不吃东西。我说，我也不吃东西了，但我没有他强壮。后来我开始头晕，起身都很困难了，我知道：我要失信于他了。如果我和他一样不吃东西，那去看他的事情，我就要失信了。力气就只剩那么一点点，我就不能再去看他。所以，我又开始吃东西，只需要有足够的力气就行，然后去看他。

他们把他拖出来，送去庭审。庭审已经开始了，他们想要他开口说话，于是他们饿着他，同他说话，盘问他，告诉他这样那样，要他签字。即便是放着不动，他的双手也在颤抖。他的眼睛是睁着的——他已经不再闭眼，我猜，如果人不吃东西，就会这样吧。最后，终于够了。他们给他拿来吃的，他开始吃东西。甚至有一次，他们虽然拿来了吃的，他也吃不下去。他的咽喉已经忘记了本来的功能。食物就是不下去。于是，咽喉得再次学会吞咽，这又花了几天的时间。

我人生的第二部分，一碗碗的食物端来了，我的爱免于饿死。我从未见过他吃东西。见不到这样的事情。但是，一天，我看见他站在那儿。我上午去的，挺早的，看见他站在那里，而他已经几周不能站立了。

我亲爱的，我叫道，亲爱的，你站着呢。你站得多好呀。

他看着我，道出缘由，他已经开始吃东西了。他说，他把他们击垮了。庭审也结束了。我知道的，结束了，我挺高兴的。我有一摞摞的报纸。我读了又读。他即将要去的新地方，我在地图上找到了，查到了路线。

那个地方，那是最后一次。亲爱的，我告诉他，我会在新地方见你。

我人生的第二部分就这样结束了。

++

我人生的第三部分，我去了一所监狱，监狱建在地下，为的是屏蔽月光。我说自己是吉藤卓，他们允许我从一个窄窄的孔爬下去。他们领着我进入一条走廊，再往下经过一条走廊。他们领着我来到一片用绳索隔开的区域。小小的房间就像是顺民一样，弯腰低头，蜷曲在那里。看守扳动杠杆，房间就打开了，想打开多少，就多少，可以打开很多，也可以打开很少。突然，我就得到允许，可以进去了。从来没有允许我进去过，突然就可以进去了。宗达坐在一张简易小床上。他盯着自己的双手看。他不看我。我想，这是我第一次看到他，我整整一生中的第一次，我就是这样感觉的。我说，我在看着他，他就在这儿。他听到我的声音，抬起头来。我在他身边坐下，我的胳膊扫过他的身旁，扫过他的肩膀。

我们要去哪儿？

我人生的第三部分，我几乎就是和宗达一起生活在牢房里。当然，准确地说，大多数的时候，我在很远的地方。大多数时候，我在公交车上，前往监狱，离开监狱，又在公交车上，与冈仓共处一室，坐着，吃着，在村子里的街道上走着，喃喃地打着招呼。大多数时候，我是那样的。虽然如此，就像我说的那样，我几乎就住在那间牢房里。只要一有机会，我就溜走，溜到那里。我就像一个有藏身之处的孩子。卓在哪里？卓到哪儿去了？在监狱的死囚牢里就能找到卓，她和她的爱人在一起。

那时，我觉得，我人生的第三部分就是我全部的人生。我已忘记了之前的两个部分。我不觉得会有第四部分。我相信，我们会一直那样继续下去。死囚牢里的每一个人，一直都在。他们很老了。他们希望自然死亡，希望有体面的佛教葬礼。若还有体贴的家人活着，还来参加葬礼。就这样，我们鼓励他们，看守鼓励他们，看守鼓励我们。我们受到了鼓励，坚定地相信：这个世界会永远持续下去。

宗达，我说，有人说世界上的大城市，什么都能买到。我说这样的事情，他就会大笑。我们就坐着，大笑，就像是老军人。(我认识几个老军人，我们可不像哦，他就通过微笑说出这样的话来。我就说，你不认识什么老军人，我们肯定才是老军人。)

我人生的第三部分，我于此处得知了自己人生的意义。人足够强大，能够承受自我的意义，从别人口中听到自我的真实，还依然如故，就明白事情的分量了。

宗达，我说，我是你的卓。我会一直来这儿看你。我只需要干一份小差事，只需足够的钱搭乘公交车，买吃的。我不需要孩子，我不需要东西。我不需要书，不需要音乐。就像马可·波罗一样，我是深入内地的伟大旅行者。我深入墙与墙之间的核心地带，就在我们共同房子的墙之间。我是大使，我是大使馆，觐见一位孤家寡人的国王。你就是那个国王，我的国王，我的宗达。

然后，他就举起一只手，仿佛是说，这么疯狂的想法真好，但我们必须小心。

或者——这么一点点的小心翼翼，干脆也不要，扔到风中吧。我们就像是十支军队的骑兵。

他就是这样说的，他的话让我疯狂！我一下跳起来，又坐下。看守跑过来了，以为我们问他讨要小东西，一杯水，或是问什么。

不是，我说，只是宗达开了个玩笑。

这时，宗达就看着自己的双脚，有什么可看的呢，两只脚不过是它们该有的模样。

我人生的第三部分，我来到了一个很远的地方。我决定了，我要搬到离监狱近的房间里。我决定了，我已经攒够了钱，我可以办得到。我在计划。我没有告诉宗达。我决定的那天晚上，我去了，已经很晚，但也得到允许进去了。我告诉过你，没有阻碍，一直都是如此。没有阻碍。我出现了，然后进去了。我被带到了他的牢房，看守关上了门。他拉上了挡光板。我不知道门上还有挡光板，但他拉上了，整间牢房都封闭起来。从外面看不到里面了。

你好呀，我的宗达，我说。我走了过去。这是我最后一次看到他，最长的一次。我离开的时候，太阳升到了半空。公交车来过了，又走了。那天就没有公交车了，却又来了一辆。空荡荡的马路向两端延展。然后，一辆公交车，友善的车头，飘然而至。公交车司机说，年轻的女士，你运气不错。这个方向，要到明天才有公交车了。我这辆是碰巧走岔路了。然后他就捎上我，带我回堺市。

那天，我离开的时候，我觉得应该立刻返回去。等到太阳落山，我就出发。我就再次回到那里,摁响那个蜂鸣器,穿过一道道铁门,走进去。有人会让我掏空包里的东西,然后穿过一千扇小窗户,窗户后面的眼睛随时都在。这些东西,我已经非常习惯了,我因之而感到平静。我觉得那是一套姿态,我期盼看到它们。我肯定没有任何东西能够把它们从我这儿夺走。我肯定这一切就没有终结的一天,也不会有终结的一天。似乎很傻,但我就是这么感觉的。我不相信,我的宗达也不相信:我们不相信的。

这封信讲的是宗达,宗达曾是我的爱;这封信讲的是我真实的人生,分为三个部分。现在,我在我人生的第四部分,虚假的部分。这一部分是虚假的。在我看来,虚假的部分总是在最后吧。

3

最后，冈仓

采访者注

冈仓，冈仓。佐藤冈仓。整个调查过程中，我一次次地碰到他，每次都是撞上这样那样的死路。我感觉，如果想要完整的故事，就必须找到他。我努力找他，找呀找，真是漫长的寻找呀，到了最后，登峰造极，运气来了。

事情是这样的：

我觉得，像佐藤冈仓这样的人，除非他想要被人找到，否则是找不到他的。那么问题就成了：怎么才能让他想要被找到？或者，怎么让他愿意现身？我感受到了他的虚荣。我觉得，他不是虚无主义者——我感觉他真真切切地相信历史，相信历史的炫示。我非常肯定，如果某一记录有误，冈仓是看不下去的，任何记录有误，他都看不下去。如果他看到了有误的记录，特别是关于他的，或者他脱不开干系的某件事情……

我肯定，这个故事，如果其中有误，冈仓是看不下去的。毕竟，所有的迹象都表明：最初的设计师是他；写下认罪书的人也是他。

所以，我就这样做了：我联系了报界的一个朋友，在堺市的一家报纸上刊登了一篇关于成户失踪案的回忆文章。我故意漏掉了他，故意一字不提。一篇长文，讲述了佐藤冈仓人生中最重要的事件——然而根本就没有提到佐藤冈仓。要刊登这样的文章，我的朋友有些迟疑，这也可以理解，但最终他还是把文章登了出来。

我们等了一个星期。一天，然后又是一天。我开始担心他已经死了，或者数十年来一直生活在海外。或者他就没看见那份报纸？或者他讨厌报纸。一个星期过去了，我觉得永远也找不到他了。

然而，我的计策奏效了。这篇文章刊登一个半星期后，报社收到了一封愤愤不平的来信。信上说，他们都蠢到家了，完全不顾事实，刊登这样绝对的谬论。他们还是不是记者？曾几何时，报纸不是致力于真实的吗？这一信念已经完全被抛弃了？诸如此类的话说个不停。信上的署名是，佐藤冈仓，信封上有回信地址。

我就联系了他，他同意见面。

我们见面的地点是在海边，一个类似于船屋兼咖啡馆的地方。他迟迟不出现，晚了一个多小时。我都准备走了，这时，一辆车驶进了空地。没错，就是他。冈仓戴着一顶老渔夫的帽子，穿着花呢夹克，灯芯绒裤子，看上去完全就是人畜无害的老年人模样。他的英语发音清晰，没有口音。他带着东西来的，有东西要给我。既然我要写这个故事，他就要让我知道事情的整个来龙去脉。

我面对面地采访他，仅此一次。然而，我花了很多时间研究他给我的材料，所以，我感觉与他相处了很久，远远超过了实际相处的时间。必须强调的是，佐藤冈仓的个性气场非常强大。采访完了，我感觉他的确是能让小田宗达在认罪书上签字的人，一点儿也不奇怪。真的，无论是谁，都可能被他说服，做出同样的事情。

采访（佐藤冈仓）

[采访者注。一开始，我们坐在靠窗的桌子边，但后来太阳从另一边照过来，太刺眼。所以，采访到一半，我们不得不移到另一张桌子。两次，冈仓都一样，选择了他想要的位置，一屁股坐下，对我没有半点客套。我想，他是采访对象，这样做也情有可原。有趣的是，他总是选择可以观察到门口的座位。我问他，我可不可以录音，他拒绝了。我们谈话进行了一会儿后，他才让步，同意我录音。]

三

采访者 所以，法国情境主义者给了你灵感？五月风暴给了你灵感？因为有了这些想法，你先是在堺市惹上了麻烦，然后才回家的？

冈仓 你知道石匠的寓言吗？

采访者 不知道。

冈仓 是个古老的寓言，波斯人的，我记得是。大概是那个时候读到的，不知怎么的，这个寓言让我觉得——仿佛某些事情是可以变为现实的。我感觉，我本以为不可能发生的事情，只要付出最大的努力，真的可能变为现实。

采访者 什么样的寓言故事？

冈仓　有个国王带着贵族们外出骑马，他们的坐骑都是举世闻名的骏马。国王住在城市里，他们在城外骑马。他们穿过田野，跑过一条又一条的路。国王的坐骑是一匹新到的骏马，他还从来没有过这样的马。于是，他就让这匹马自由驰骋。马儿带着他来到了很远的地方，他从来没有到过那么远的地方。国王和贵族们骑在马背上，跑到那么远的地方，跑得那么快，他们不知自己身处何处，但是血液在奔腾，心在疯狂地跳动，他们只想这样跑下去，跑下去。风刮起来了，空气在旋转，天气在变化，云层如同织布机一般转动。马队慢下来，最后停住了。这群人站在一条路上，前面是一座矮小的房子。是石匠的小屋。国王下了马，走到门前。他敲门，来开门的是一个老人，老人的手看上去苍白而残忍，青筋骨头暴露。这个老人欢迎这群人的来到，让他们进了小屋。很奇怪，每个人都有位置坐。桌子很大，每个人都能在桌边坐下。贵族们一个个紧挨着，坐在桌子两边，国王坐在桌子的一头。石匠坐在桌子的另一头。我给你们拿吃的东西，石匠说道，但是同你们平时吃的东西不一样。贵族们抱怨起来，说他们想要吃这样或者那样，有这样或是那样吗？但是石匠看着他们，他们看着他的手，安静了下来。国王说话了，他说，他们来，就像乞丐一样，有人收留，很高兴了。从来没有国王说过这样的话。于是，石匠走进储藏室，拿出一只鹅，这鹅长得像女孩子。他拿出了一头鹿，这鹿长得像男孩子。他拿出了面包，这面包看起来就像是一百位宫廷贵妇的头发被搓成了绳子。他拿出了蜂蜜，这蜂蜜就像是山羊的鲜血。别吃这样的东西，贵族们说道，但国王大笑起来。石匠盯着他们说话，国王笑起来，说，骏马飞奔带着你们来到这儿，这儿就是考验勇气的地方。但是，贵族们压低了嗓子说，有些马飞奔得过头了。然后，吃的东西就装到了盘子里，堆得高高的，都快碰到天花板了。盘子一个个递过去，总是国王先选。他装满了自己面前的盘子，吃了；装满，吃了；装满，吃了。他从来没尝过这样的食物。很快，他们就沉沉地睡着了，石匠从桌子旁站了起来。第一部分到此就结束。

采访者 第二部分呢？

冈仓 你想听？

采访者 想听。

冈仓 国王第二天醒来，发现自己是石匠。房子里没有了贵族们的踪影。田野里也没有马匹。只有一顿大餐的残羹冷炙，昨晚某个时候结束的大餐。他低头看了一眼自己的双手，多么可怕呀，看得见白色的骨头，看得见青筋，这样的手能让石头听话。但是，他是国王。他上路了，沿着路上的马蹄印迹，朝着自己的王国走去。这段路程，最快的马只需不知疲惫地狂奔一气，而他花了十九天才走完。但是，他坚持下来了，到了第十九天，他来到了自己城市的城门外。他出现在城门口，但卫兵不让他进城。你没东西可卖吗，他们问。没有钱买东西？那你有什么理由进入这座美好的城市？你不知道吗？他们问。你不知道这是世界上最有钱、最富有的城市吗？国王心中有所忌惮，他没有暴露自己。我来看看，他说，地势怎么样。他走了一小段路，来到了荒凉的田野，找到一块石头。他坐在石头边上，用手抚摩它。他一次又一次地抚摩这块石头，他就知道了那位石匠知道的东西。这块石头在他手里就像是一块布料，他裁开石头，锁边，裁开，锁边，用力撕扯。等到完工，他做成了一个迷宫，用石头编织的迷宫，最轻薄的式样。他把迷宫放在了自己破布斗篷下，回到了城门外。他等在那儿，一直等，到了清晨，第一个卫兵醒来张望太阳的时候，他就在那儿了。

又是你。你没有东西可卖？有钱财买东西吗？国王撩起斗篷，展示出了石头迷宫，卫兵的目光扫过迷宫上面不可思议的线条、转弯和拐角。这些线条迂回前进，迂回前进，迂回前进，最后什么地方都不是，哪儿也去不了。他试了又试，眼睛盯着这个迷宫，他哪儿也到不了。好吧，他说，欢迎你来到这座城市，然后就打开了城门。国王遮住他的迷宫，走在了自己城市的街道上。这座城市，他从来没有看得这么清楚过。广场上，街道边，商人们正支开自己的摊位。牲畜动物，有的在吃东西，有的在喝水，有的在被屠宰，有的在被剥皮，有的在被绞成碎肉，有的在被刷洗，它们的鬃毛上被系上了蝴蝶结。他找到了那条熟悉的路，来到了城堡。又是一道门。我想见国王，他说。卫兵说，任何人都有觐见国王的权利。但是，这可能就是你的末日。卫兵揭开国王的兜帽，看着他的面孔。但是，他看到的人，他并不认识。他之前并没有见过这个人。祝你好运，他说，然后打开了门。

接着，国王就到了自己城堡的庭院里。他和其他人一起穿过了通道，他是请愿者，其他人也有各自的诉求。人多得就像数不清一样，所有人一起进入了里面的大厅，之后国王就会驾到，与他们交谈。国王本人很惊讶。他从来没有与请愿者交谈过。他从来没有见过这个房间。一个小时过去了，又一个小时过去了，一名顾问走出来，坐到了高高的椅子上面。我是国王，他说。我认识你，国王想。你只是一名顾问。于是，国王站在了队伍的最后，他在等待。等所有的人都与顾问谈完了，等到他们都走了，他走到前面，说，我有事要给国王说，但你不是国王。我不是国王，这名顾问承认了，他从高高的椅子上起身走下来，但我们这就去见他。于是，他们走过了更多的走廊，穿过了更多的庭院。顾问、国王，还有卫兵们，一起走着，然后他们就进入了另一个房间，另一名更高级的顾问坐在那里。这些人，我都知道，国王心想，然而从来不知道……还没想完，国王就被带到了前面。这是国王，他们对他说。有什么要说的，就说出来吧。你不是国王，他说。我是来见国王的。于是，他们拉开房间后面华丽厚重的条纹布帷，亮出了另一个通道。他们沿着通道往下走。走在一起的有国王、第一名顾问、第二名顾问，还有卫兵们。接着，他们就到了一个地方，这时卫兵们不能再继续往下走，两名顾问站在国王的两侧，领着他继续走。他的衣服如此肮脏，他的面孔上是风霜日晒的蚀刻痕迹，他身边的两名顾问几乎就受不了了，然而，他们还是一起走。他们到了最后一个房间。那里坐着的是国王，他知道。他见过那张面孔，见到的次数太频繁了！他走向他，宝座上的国王认出了石匠的袍子，认出了石匠的双手，他明白了，这位石匠穿过了所有的障碍来到了他的面前，他双目圆睁，就像是猫头鹰的眼睛，他高声大叫。谁让这个人进来的？在两名顾问看来，他们的国王面前站了一位身份低微的石匠。这是他们看到的情景。国王伸出双手。石匠揭开袍子，拿出了他那不可思议的迷宫，石头和光线的天合之作。国王接过这件东西，在他的手里，这件东西再次变成了曾经的石头，他把石头放在身边，就是石头在田野中的样子。

然后，国王醒了过来，已是清晨。贵族们已经绑好了马鞍。来吧，他们说，我们骑马走吧。国王起身，离开了睡觉的桌子，走向自己的马。石匠从屋中走出来，直视国王的面孔。此刻，这二人之间的交流，不为贵族们所知，也不为讲故事的人所知。身为此人，而非另一个，其中的意义何在，谁又能说得清呢？等到他们回到城中，国王做了之前从未做过的事情，他引领他的王国进入了一个新时代，即便是这样，到了现在也是被忘记了。这样一个王国，我们所知道的，也就只有这个故事了。

采访者 读到这个故事之前，你觉得所有的一切都是必然的，一切都是无可奈何。但是，读了这个故事，你看到了舵杆？觉得事情真的可以改变，甚至是人力可为的？

冈仓 正是如此。我觉得我可以当这样的石匠。

采访者 但是，世上没有国王。即便你是石匠，我不认为……

冈仓 现在，国王存在于大众中。王权以大众的形式存在。对此，人们是包容的态度。

采访者 那么，为了改变他们的观点，你要……

冈仓　我要同时与所有的人谈一谈。

采访者　但是，当时你年轻，正在寻找自己的道路。你是如何规划的？如何行动的呢？那是20世纪70年代中期。也许——在大家看来，最遥远的事情就是民事和法律程序？

冈仓　并非如此。我们中有些人是在意的。当时的日本似乎有机会成为这世界上从未有过的国家：一个真正公平的地方。那就是我最想要的东西。依照我自己的看法，我也非常清楚有人会持不同意见，但我还是要说，我是……

采访者　品行端正的人？爱国的人？

冈仓　对于那种跟随帝王的人，那种为了别人的事业放弃了一切的人，我也许不是。我放弃了一切，只是为了我自己的事业。

采访者　你放弃了？或者是你说服了宗达，让他为了你放弃了一切？

冈仓　他的人生就是一个零。他本是个什么都做不了的人。但是，到了现在：有人要为此写一本书。

（笑声，朝着地板吐了一口唾沫。）

采访者　我不……

冈仓　我从城市回到了家里。我与一个叫吉藤卓的女孩重新联系上了。我们住在一起。之前,她做了我几年的女朋友,但事与愿违。我离开了。反正,我回来了,我们又在一起了。小田宗达是个老朋友。我开始和他见面。我们都有相同的感觉,觉得非常受限制,非常愤怒。我和卓整夜整夜地讨论,我们怎么做才能逃脱,怎么做才能改变。我有几个朋友蹲了监狱,我对司法体系感到愤怒。我感觉我们远远落后了,在其他据说是文明的国家,事情不是这样的。

采访者 所以,就酝酿出了认罪书的想法?

冈仓 部分原因。一部分是那个,一部分只是愤怒。

采访者 有没有人帮你准备认罪书?

冈仓 堺市的一个朋友,我不会透露他的名字,他是律师。他帮我起草了认罪书。目的就是,认罪书要在一定程度上具有法律约束力。当然,要真正具有约束力就难了。但是,我们要尽力而为,我们做到了。

采访者 你设定的目标一直都是宗达?你知道他是合适的人选?

冈仓 我觉得,这也不只是我一个人的感觉——我觉得,自己身为组织者,举足轻重,不应该成为进监狱的那个人。我觉得,进监狱不是我分内的事情。

采访者 你觉得那是宗达的事情?

冈仓　他很适合做这件事。我知道他人很体面，很有内在力量。我还知道，他的前景非常，该怎么说呢，非常黯淡。我回来那段时间，他并不太幸福。他同意了，我并不惊讶。

采访者　我得告诉你，我调查这件事情，已经与很多人联系过了。有小田全家，还有吉藤卓。

冈仓　还有卓？

采访者　是的。

冈仓　那应该相信谁，你就得小心了。每个人都有自己的版本，大多数都是错的。其实，我可以明明白白地告诉你：全部都是错的。我可以帮你搞明白到底发生了什么。鲍尔先生，你要知道，这世上的人，要么就是感情用事的蠢货，要么就是感情用事的狠心人，几乎都是如此。

采访者　你是哪一类？

冈仓　（笑声）

采访者　说真的。

冈仓　应该是感情用事的狠心人吧。出发点是好的，但毫不考虑其他人的感受。

[采访者注。这时，冈仓把最初那个晚上的磁带给了我。上面记录

了宗达受到诱骗,继而同意认罪的时刻。我震惊了。最初,我难以相信这是真的。但是,等我听到磁带,我知道这绝对是真的,不可能不是真的。里面有许多奇妙的东西,其中之一就是冈仓和卓的声音不一样,不同于我与他们交谈的时候,但也只是微妙的不同。那是时间的重量——这盘磁带录制之后,所有的那些时间,所有的那些发生过的事情。]

[把材料递给我之后,冈仓就不想再继续接受采访了。他只是给了我第一次互动的磁带,还有一系列的声明。我会在下文列出这些声明文件,一字不差(若有改动,请见我一开始的注释说明)。这些声明的年代差异非常大,有些甚至是在事情发生之前的。内容如下。]

声明（佐藤冈仓）

[采访者注。这些声明是原始文件的复印件，原始文件在冈仓手里。偶尔，某处会有一两个我辨认不清的字。这种情况下，我尽量保持意义的清楚，选择最常见、最熟悉的用法。有些声明差不多就是碎片纸。其他的纸张要大一些，印有图表和解说文字。在此书中，我并没有给出所有的内容，有些与我们讨论的事情几乎就没有什么关系。]

1. 成户失踪案：蓝图
2. 虚构罪行
3. 认罪和认罪的理念
4. 卓和如何实施

成户失踪案：蓝图

1. 在家中实施绑架
2. 某人认罪
3. 这个人的庭审
4. 这个人被执行死刑
5. 失踪者再次出现
6. 管理机构公开承认行为不当

第一步应该绝对秘密进行。这一阶段绝对不能有执法介入。计划必须周密而且持久，实施起来要容易，同时还要有具体的资源。

第二步，两者必须有其一：1. 某个坚不可摧的人（献身于这一目标，对之有透彻的了解）；或者 2. 某人，也能做到坚不可摧，但原因不限，任何千奇百怪的原因都可以，比如说古怪的人。

第三步，自然进行。

第四步也是自然进行。

第五步，人为事件，第四步公布之后启动。

第六步，可以期待，可以办到。有了华丽而蔚为壮观的第五步，特别是第五步的指向性，以及第五步的归咎方式，就可以办到。

虚构罪行

虚构罪行是一件特别的事情。罪行不存在,要被虚构出来。罪行没有实施。这项罪行从来没有实施过;只是被虚构。没有做过,但看起来是做过的样子。看起来,这项罪行是实施了,公众眼里就是有了这项罪行,他们要求法律对其进行制裁。这项罪行从来就没有发生,而有人站出来承认犯下了这项罪行,接着这人就被抓起来(或者是自首),然后受到了惩罚。当然,惩罚是真实的。如果社会明察秋毫,觉察到这是虚构的罪行,进而执行了虚构的死刑,也就是说没有执行死刑,但看起来好像是执行了,那这项没有进行过的罪行公布于众之际,罪犯就会被释放。这样的可能性为零。

虚构罪行不属于犯罪策划的范畴,因为其本质根本不涉及任何罪行。当事人,包括受害者和实施者,在这件事情上是同谋关系。有人说过,他们(本质上)一直是这样的关系。此处,我们不接受这一观点,也不提出这一观点。此处,我们只是说,所有参与这一"虚构罪行"的人都是组织的一部分。设立这个组织是为了安排这一"虚构罪行",所有的人都知晓他们所参与的行动。如果认罪人是第二种类型(之前提过的),唯一不知晓的人可能(而且必须是)就是他。

在毫无恐惧的理由下,这一罪行必须在公众心中引发巨大的恐惧。换言之,引发的恐惧必须为原始型恐惧,必须与这项罪行没有真正的因果关系。激发恐惧,这是必需的。如果恐惧与这项罪行之间有任何联系,这项罪行就有可能成为某种违法行为,那么到了最后,可能成为真正的罪行,实际上就应该受到惩罚了。

组织内部的成员必须要能长期保持沉默而且非常谨慎。对于任何组织者，在成立这样的组织之际，要召集如此的个体，都是头等的难题。创建本组织是为了与道德问题作斗争，而这一道德问题本身就模糊不清，而且异常复杂，所以召集成员就更加棘手了。

为了达成这一目的：探讨一下认罪。

认罪和认罪的理念

在我们人类组织的核心部分,也就是说,社会的核心部分,舆论获得了不应该拥有的力量。

也就是说,如果有人做了一份汤,如假包换地难喝;另一个人把嘴凑到勺子的末端,尝了一口,对第一个人说,"这汤好喝",这汤就有了好喝的名声。这汤得到了认可,好喝。汤也就完成了汤的使命。关于这份汤,舆论就是,这汤好喝。也许还会如法炮制,再做一份。其他人来了,心里并不确定自己是否有能力准确判断汤是否好喝,但他们听说了这汤好喝的结论。他们尝了这汤,他们事先知道这是好喝的汤。他们本人没有去判断这汤的味道;他们还没有获得判断汤是否好喝的能力:他们宁可听信最初的意见。

有人犯下了罪行,只有在这一罪行的证据可见的条件下,公正的社会才会进行起诉。起诉或定罪,不应该使用想象中的文件,也就是说,不应该用那种只与人类头脑相关、与这个世界无关的文件。

> 作为人类,我们相信,我们看得到自己并没有看到的事情。
> 基于这一点,我们会赌上自己的性命和声誉。
> 作为人类,我们相信,我们做了自己并没有做的事情。
> 基于这一点,我们也会赌上自己的性命和声誉。

女士们,先生们,显然,法律机制并不能探知一切。他们无法找到所有的证据。所有的证据都被碾磨成齑粉,消失得无影无踪,有时只需要区区数分钟,这就是世界的本质。所有的证据被碾磨成齑粉，消失得无影无踪，并非有人恶意或故意为之，这是世界的本质（一直如此）。世界只是在自我更新。混乱和秩序交替出现，就像两股风在面对面纠缠撕扯。

既然如此，怎样才能摆脱这种困境呢？（在法律进程的早期），人们很快就发现，要追求司法公正，我们可以找到一种元素，一种摆脱这一困境的元素。这种元素可以分为两个部分：

第一部分：目击者证词。
第二部分：认罪。

长期以来，亲眼所见在司法中是有一席之地的，但从未像今天这样众人瞩目。主要是因为在过去，基于个人不过是个人这一点，个人的观点从未得到过尊重。也就是说，以前，身为人的身份，并不足以让人有机会既作证，又自证。

过去，人们通过诉诸神灵以获取不证自明的证据。

要得知神的旨意，就要通过各种审判：武力的审判，火的审判，水的审判。然后就有了证据。这样的证据不是个人的指控，也不是个人的证词。

这一来，如果有人愿意认罪，据此，人们通常会认为此人犯下了这一罪行。这一立场是错误的，要知道：我们无法通过某人受某件事情的影响方式，来判断这人是否知道真相。我们对自己的了解，最不可靠。我们通常都是全力以赴地拥护自己的所作所为，如果有人觉得无法继续捍卫自己的所作所为，人们就会据此行之有效地认为他/她的所作所为肯定是有罪的。否则，为什么他/她不继续坚持自己的清白呢？

人们觉得认罪切实可行，主要是源于一种取舍——看重的是效率，而非真相。

所有真实的定罪都应该源于科学调查，其结果要能复制（而且应该展示出可复制性）。具体的个人没有必要涉入与其相关的任何调查或者庭审。社会本身应该提供所有的细节和所有的证据。如果缺少这样的证据，就无法百分之百地证明罪行，那这个人就不应该被定罪或者不应该受到惩罚。

卓和如何实施（一）

[采访者注。所有的文件中，这份的日期最晚。我觉得，之前的那些是佐藤冈仓的旧笔记，写于成户失踪案之前，甚至有可能是在他离开堺市之前。但是，这份文件甚至可能写于我与他见面的那一年，或者差不多的时间，至此，成户失踪案引起的震惊早就被忘记了。他在文章的开头给出了一个模糊的日期，但这是否可信就不清楚了。]

吉藤卓的参与并非情愿

去年发生了那些事情，吉藤卓的参与并非情愿，现在我写下这篇东西作为解释。在我的有生之年，是否有人读到这份文件？有人看到这份文件之前，它是否会被销毁？也许到了下周，因为某项不相关的指控，我就被塞在车里带走了，这之后，会不会有人看到这份文件，谁又知道呢？任何与吉藤卓相关的隐瞒欺骗，我都不想与之有瓜葛，所以写下这篇东西，想要说出我所知道的事实真相。

我从堺市回来了，之前我就认识吉藤卓。我们再续情缘，对此，我们两人都不觉得有什么好惊讶的。我离开之前，我们挺好的；之后，也挺好的。只不过是因为地域相隔，我们才没有继续见面。也是因为我重回故里，这才再续情缘。

我还是得说：在我认识的女孩中，无论是在堺市，还是大阪，卓都是最聪明、最敏锐、最机灵的。于我，仅此一点，就是决定因素。我非常厌恶重复说过的话，但是与卓在一起，完全没有这个必要。我们在性情上有些惺惺相惜，政治观点上也有共同之处。在我看来，我们日常生活中的政治是社会大政治不可分割的一部分。因此，当我们感受到桎梏之际，当我和卓坐在小小的公寓里感受到桎梏之际，我们就寻找出路。

我读了很多书。我读到了法国人的各种尝试，他们想要摆脱这种渗透到日常生活的压抑氛围。为了启迪人心，也是为了力行实践，德波[1]、瓦纳格姆[2]，还有其他人做了很多尝试。正因为这些书，才有了后面的事情，也就是发生在大阪府的那件事情。那件事情的起因是我，是我和吉藤卓。我继而就会解释这件事。

我已经计划好了。我有一种感觉，我知道自己想干什么。我的目光锁定了一个词，一个具体的词，我觉得应该让这个词不堪重负，让它自我毁灭。这个具体的词，这个元素，就是认罪。我觉得还没有人与之进行过足够的抗争。我觉得，它本质上就脱离了真相或事实，这一与生俱来的虚假应该公布于众，所有的人都应该看到它本来的面目。然而，无论身处何处，无论与谁交谈，结果都让我惊愕。这件事情，不清不楚；这件事情，我看得清清楚楚，其他人却并不清楚。显然，我把这看作一次机会，如果能够随心所欲地用词，那就是需要立刻贯彻执行的机会。

好了，回到我要说的事情上，我与卓住在一起。我已经计划好了，但还没有帮手。当时，我在码头工作，每天赶很远的路到码头上班，然后筋疲力尽地回家。我有愤怒。我有爱情。我也有担心——

---

[1] Guy Debord（1931—1994），法国人，20世纪最重要的知识分子革命者之一。情境主义革命代表人物。
[2] Raoul Vaneigem（1934— ），法国人，情境主义革命代表人物。

我不太肯定卓是否会像我一样严格遵守计划中的每条原则。一旦我把计划透露给她,就必须按照既定的方向运行,否则就是失败。

正因为如此,我才设计坑了她。正因为如此,小田宗达签的并不是第一份文件。第一份文件也是借玩游戏碰运气的名头造出来的,在上面签字的是吉藤卓。不得已才这样做的,犯下这样的事情,我并不觉得光彩。但后来,我也看到了,只是因为她承诺在先,迫不得已,只是因为有她视为荣誉的东西,否则,她绝不会一次次同意去干那些无情的事情。

卓和如何实施（二）

一天晚上，我和卓在玩游戏，碰运气的游戏。比扑克牌的大小，抽牌，然后比较大小。胜负都差不多。有时是她赢；有时是我赢。最开始，我们是罚东西。但是，罚什么好呢，后来觉得想来想去也太麻烦，于是，我们决定玩危险刺激的。输了，开始是用小刀割自己。我站在二楼的窗户边，迈出脚，掉下去，伤了腿。她一个箭步，横在行驶中的汽车面前，汽车冲到了马路外面。我给出这些例子，想要证明我们当时的心境。我们彼此相爱。我们喜欢打破常规，以抵制循规蹈矩的沉闷气氛。与此同时，我们又感到绝望，因为每一次弓背抗争之后，重量就会再次压下来，分毫不减。

然而，我有自己的打算。对此，卓一无所知。我对她说，我说，卓，这次，我们写一份协议吧。我们拟一份合同。根据合同，在一段时间之内，我们中的一个人要听从另一个人的吩咐。她反对。一段时间？太无趣了。干脆来个项目吧，项目持续期间，可以是一个星期，一年，或者是更久。卓就会提出这样的建议来。我同意了，于是我们琢磨出了交易的条款。在某个特定项目进行期间，凡是与该项目有关的事项，输的那个人必须完全服从于另一个人。项目之外的事情，他或者她可以按照自己的意愿行事，但他或者她的行为不能对项目的执行带来负面影响。

我写好了合同。我们连署保证：双方决定玩扑克牌，输的人必须在这份协议上签字。我们在上面签上了日期。

于是，我们面对面坐下。我摆好牌。她切牌，抽一张。我切牌，抽了另一张。我赢了,她在协议上签字。就这么简单。我在扑克牌上做了手脚,哪里可以抽到好牌,我是知道的。她没有想到我会做出这样的事情来。她不知道我心中另有谋算,而且为了谋算的事情,我不惜欺诈。反正,我就这么干了。从那以后,在成户失踪案这件事情上,吉藤卓对我言听计从。

她从未毁约,也从未威胁过要毁约。她从未想过要再看一眼那份协议。真的,我都没有保留协议。她签字的当天,我就销毁了协议。我不想看到这样的文件,不想记起自己在其中的所作所为——非我所欲。我在展望未来。我在想怎么才能利用她,怎么才能在我所处的社会中引发混乱。

如何实施（一）

你可能已经猜到了，小田宗达玩的扑克牌游戏，一样也做了手脚。我和卓把他带到酒吧；我们把他灌醉。卓同他调情。我恭维他。他这个人，处境艰难。他的生活不易，黯淡无光。他几乎一无所有，未来也无可期待。从这方面考量，他是绝对标准的人选，然而从他的本性来看，他又不是标准人选。骨子里，他骄傲，他不屈不挠。我知道小田宗达是什么样的人。

扑克牌游戏，他输了，在认罪书上签了字：一切都是必然的。一年前，坐在堺市的房间里，我在脑海里就创造出了这个场景。这之前，移动的身影，纸片一样，在我的脑子里一场场地晃过；现在，我看着宗达在一页纸上写字。他写下小田宗达，写上日期，然后，他抬头望着我，而我从很远的地方看着他。那个时候，我就知道，我办到了。

他离开酒吧，走了，去哪儿了，无所谓。走得越远，越好。如果他们还非得对他展开追捕，事情也不会有分毫变化。我抓着卓的胳膊，一起回家了。我们睡在一起。我读这份认罪书，就像是诗人在读自己的一首诗，他觉得这首诗会改变他的命运。但是，就像诗人一样，他的诗歌改变的并不是他本人的命运。

如何实施（二）

我注意到了，宗达望着卓，看着他。我知道她是什么样的人——不仅漂亮，不仅是漂亮女孩，男人想要的女孩，而且还是聪明女孩，有见地。她辩口利辞，让别人显得呆头呆脑。其实，她就是这样对宗达的。她是这样对我的。我应该可以这样说吧，我们见过的其他女孩，大多数都不是这样的。我知道宗达很看重她，于是一个想法就潜入了我的心里。我躺在那里，我知道，宗达也躺在镇上某个地方，等待警察的到来，而这个想法悄无声息地来了：我应该打发她去见宗达？吉藤卓也许就是让宗达不反悔的法子？看着她赤身裸体躺在我身边，然后，我就确定无疑了。我感觉，这法子会奏效，而且她还会照办。没错，她不需要这样做，而且她也会说这是协议之外的事情，但是，我的感觉没有错，这法子有用，而且她会照办。面对我们的生活，我们就是如此无助。我们想要激进，我们想要把这种激进强加在别人头上，这是事实。也就是说，她要心甘情愿地从悬崖峭壁跳下去。她会让我来，让我来告诉她，去吧，去找他。然后，她就会去找他，让他遵守承诺。

卓，我叫醒她，说，把这份认罪书拿去吧。

她站起来，穿衣服，我一直看着她。然后我就想，这是我人生的巅峰。在这之前，在这之后，我都没有这么多美好的东西：女孩的爱，朋友的困境，阴谋的华丽开端。我都感觉到了。无论是现在，还是以后，我都可以告诉你——我的感觉是正确的。一直到现在，没有任何东西可以与那一时刻相媲美，我觉得以后也不会有。现在，我几乎没什么期待了。

如何实施（三）

我想，既然要解释是怎么一回事，我就解释个清楚。堺市的朋友有个叔叔。这个叔叔有处农场，其人可憎。农场很老，山边上开垦出来的那种。周边除了一个几乎废弃的神龛，什么都没有。他甚至都算不上一个好农夫。这种人靠着锯木屑也能活下来，可能就是锯木屑做的。我见到了他。我去了，目的很明确，就是要见他。我见到他了，我们合得来。他改变过信仰，是个无政府主义者，但也不是政治意义上的无政府主义者。他算是一贫如洗的无赖，而且根本就没有因此感到不爽。上午，他很喜欢坐在外面，仅此而已。我坦言自己对人类非常厌恶，就把他争取到手了。他挺惊奇的：你也厌恶人类？是的。我厌恶人类。嗯，那我们还有共同之处。于是，那天上午，我们坐在一起，我把精心策划的方案告诉了他。这是狠狠的一记耳光。我对他说，我们把这一记耳光响亮地掴在社会的脸上。他们还只能受着。他们什么都干不了，只能受着。他觉得整件事情非常有趣。他同意了。

所以我分内的事情就来了：借来一辆车，四处转，寻找观点上画风奇特的老人，说服他们，离开一段时间。我有地方给你住。

我要自我辩护一下，整件事情，我是给每个人都讲清楚了的。我在干什么，我是给每个人都讲清楚了的。我告诉他们，他们可能得在某个地方待上一年，两年，或者三年，五年，甚至十年。谁说得清楚呢？我说很长时间，非常长，我说一次，又说一次，又说一次。每一次，等我说完，那人就站起来，家里的东西就那么放着，不动。每一次，等我说完，那人就站起来，然后我们就朝车走去。我们钻进车里，开走了。

一个接一个，我把他们送到了农场，那个老人就把他们留下。他们都住在那里，就像是一个小小的寄宿处，全是你见所未见的怪人。好笑的是，他们相处得非常好。我觉得，对于他们中大多数人而言，被失踪的那段时间是多年来最幸福的时光。

我开车把最后一个人送到，之后就没有再去那儿，一直等到事情尘埃落定，我才去的。我甚至没有递过消息。这是交易的一部分。所有的事情，我都给那个老人解释清楚了。每个人，我都解释清楚了。我们就是一条心。

如何实施（四）

卓陷进去了。我没有想到会那样。她就像个演员一样，陷进去了。她到底是不是在乎宗达，没法知道。有时，我对她说，卓，卓。我摇晃她，我把她叫醒。我说，卓，去，现在就去看他。你得跟紧这件事。她就会说，不，不。她蜷进我怀里，蜷进毯子里。我就想待在这儿，她说。但是，我把她推开。我拉开毯子。她站起来，摇晃自己，振作一下。去吧，我就说。她点头，换衣服，出发。她转头看我，我对她说，记住，我不存在。除了宗达的决心，其他的一切都不存在。让他明白这一点。让他明白，他能坚持下来。

大多数时候，一切顺利。宗达的弟弟出现的时候，有过麻烦，但卓给解决了。她反应很快。我说过，她反应就是快。无论那个弟弟做了什么，她都给化解了。她让宗达忠于自己，忠于他自己的决心，忠于他所做出的决定。处理这件事情，更好的人选？我想象不出来。到后来，我甚至不需要提醒她。她自己就去了。我醒过来，她人已经不见了。然后，我就去工作，歇口气的时候，我就想：

那里，农场里，我那些被失踪的人排成一行，从山上往下看。那里，监狱里，宗达站着，望着墙壁。那里，公交车上，吉藤卓坐着，看着自己的双脚。我是无名小卒。没有人知道我是谁，但是，我的计划天衣无缝。法官们在按照我的吩咐行事，原因很简单，人总是不厌其烦、荒唐可笑地想要证明自己通情达理，这一点，我比他们都懂。

如何实施（五）

我经常担心。实话说吧，大多数晚上，我都大汗淋漓地醒来，害怕出了什么岔子。有时，卓也会逗我。她回来的时候，哭着说他翻供了，说他招供了，看到我一脸惊恐，就大笑起来。这不是开玩笑的事情，我就告诉她。她还是笑。卓，卓，我说。你真是难对付。

但是，等到判决下来，他进了死囚牢，我感觉有把握些了。至少是稳稳当当地走到了这一步。我还是担心，我那些被失踪的人，有些人可能会死掉。他们都老了！人呀，有时不明不白就死了——很难说得清楚是怎么回事。我什么都干不了，只能等，我甚至没法了解农场的情况。

宗达进死囚牢有几个月了，他的行为变得奇怪起来。他开始在纸上写奇怪的东西。他开始与看守说话。我担心他就要崩溃了。于是，我告诉卓：我要她去死囚牢，如果有可能，就和他睡觉。我想要卓用那种方式捆住宗达，让宗达依附于她。

她顿时泪如雨下。她不想。我说，你必须去。你没有选择。她说，她不会那样做的。我说，你会的。你需要这么做。她收拾了自己的东西，出去了。她再也没有回来。她是否去了监狱，我不知道。我再也没有见过她。

第二天，我从收音机听到了新闻。

结尾

✝

那是一个春天,我还是个孩子。那天,他们把宗达从牢房中带出来。他们带着他走过走廊。他们让他表明他是他本人,他照办了。其他人表示同意。他们带他走过一个又一个的房间,经过了佛像。他们让他站在平整的活板门上,下达了命令,绳子绕在他脖子上,他被吊起来,一直到咽下最后一口气。

消息通过收音机和电视机传播开,大家都听说了。有高兴,但也有迷惑。很多人想要知道——失踪的人究竟怎么样了。

死刑过了一个星期,一行人出现在堺市的街道上。这行人全部穿着白色的衣服,每个人都穿白色衣服,带头的是一个年轻人,佐藤冈仓。佐藤冈仓穿的白色,其他人也穿的白色,他们都是传统忏悔者的打扮。人们本以为这些人失踪了,为此,小田宗达被送上了绞刑架。他们还活着,他们排成一行,穿过街道,朝着法院走去。整座城市看得目瞪口呆。站在法院的台阶上,面对媒体,面对跟随而来、聚集在此的人群,佐藤冈仓发表了演讲。他在演讲中指责社会犯下的罪行,他告诉众人,社会谋杀了无辜的小田宗达,在未来的日子里,在未来的岁月中,社会还会在毫无证据的情况下谋杀其他人。

我们不能袖手旁观,他说,你们这些还活着的人,我们这些还活着的人,我们不能袖手旁观。如果你还活着,拿出自己的行动来,我们不能袖手旁观。

报纸刊登了这件事情。

几周的时间,人们基本上就忘了这件事。后来,我了解到有这么一件事,觉得自己应该写一写。我觉得,肯定有人写过这件事情。我觉得,肯定有很多很多关于这件事情的书。可是,什么都没有。我觉得,因为我的人生、我的经历、我的失去,我适合做这项工作,就把它写出来,于是有了这本书。

这本书写的就是这个。记录了小田宗达和他的人生,记录了佐藤冈仓的计谋,记录了吉藤卓的爱。

致谢

感谢大家,在各种分内分外事务上的大力协助。

纽约

兰登书屋出版社,万神殿书局,古典书局的 J·杰克逊和其他所有人。
库恩项目(Kuhn Projects)的比利、大卫、贝基、杰西和其他所有人。

其他地方

C·鲍尔、Th·毕琼杜提尔、A·埃吉斯多提尔。

芝加哥

萨拉查·拉鲁斯、诺拉、纳特美格和斯库克·艾梅柳斯。
S·莱文、L·温赖特、J·麦克马纳斯、J·弗朗西斯、R·井上。